生時不負樹中盟

析任白之樹盟

黃秀蓮 著

責任編輯：羅國洪
封面設計：Alice Yim

生時不負樹中盟
——析任白之樹盟

作　　者：黃秀蓮
出　　版：匯智出版有限公司
　　　　　香港九龍尖沙咀赫德道二A
　　　　　首邦行八樓八〇三室
　　　　　電話：二三九〇〇六〇五
　　　　　傳真：二一四二三一六一
　　　　　網址：http://www.ip.com.hk
發　　行：香港聯合書刊物流有限公司
　　　　　香港新界大埔汀麗路三十六號
　　　　　中華商務印刷大廈三字樓
　　　　　電話：二一五〇二一〇〇
　　　　　傳真：二四〇七三〇六二
印　　刷：陽光（彩美）印刷有限公司
版　　次：二〇一九年十二月初版
國際書號：978-988-74436-2-9

謹以本書紀念任劍輝女士逝世三十周年

序

黃秀蓮

二〇一九年，唉，這年份真讓粵劇戲迷神為之傷。三十年前，戲迷情人任劍輝女士捨萬千戲迷而去。銅山西崩，洛鐘東應；喪音一響，四海同悲。從香港到海內外，從平民百姓到社會賢達，哀思綿綿，追念滔滔。那書生風骨，那人間清氣，竟能如此撼動人心。沒有一個藝人去世，能獲得那麼崇高的評價。

「駙馬盔墳墓收藏」，黯然銷魂，無奈作別。

其實，在一九六九年之後，任姐已告別藝壇，書生歸隱，其藝術成就也在那一刻完成、凝定。戲棚紅氍毹上與片場水銀燈下，已消失了一道身影瀟灑正氣乾坤的風景。歌，給她唱得神圓氣足。角色，給她演得活靈活現。風流，給她顧盼揮灑了。氣場，給她充盈了。駙馬周世顯從明朝歷史復活過來，活生生於戲劇史上，永垂不朽了。

任姐逝世三十年了，盛名居然不減，戲迷癡心依舊。研究任姐藝術成就的學者與日俱增，專書、講座、研討會、展覽等相當頻繁，這文化現象說明了甚麼道理呢？一個偶像，若經得起時間考驗，大江東去，浪花淘盡，砥石不倒，中流屹立，則其本色實力必然超乎千里，拔乎千丈，昂然挺立於永恆那一端了。

「待千秋歌讚註駙馬在靈牌上」，我這小小戲迷，在跟任姐永別之時，曾以〈灑淚暗牽袍〉一文悼念。時間考驗任姐的功力，亦考驗我的馬力。這情意深深、頁數薄薄的小書，或可紀念三十年祭。

白雪仙女士曾說過，她最怕九字，因為在九字那年份，唐滌生、她的慈母與任姐相繼去世。

一九五九年，唉，唐滌生去世！四十二歲的才子，風華正茂，創作到了巔峰，其戲人人爭看，其歌人人爭唱。他還有許多寫作計畫，許多創意，許多夢想，許多動人心魄的歌詞……尚待如筆一揮。天呀，竟在《再世紅梅記》首演之夜，突然魂離。變生不測，措手不及，叫人驚痛。仙鳳鳴劇團痛失核心領袖，樑傾柱摧，當時任白波常常三個人抱在一起痛哭。多年後，仙姐猶嘆「知音再復尋，濁世才未眾」。

文星隕落，至今剛好六十年了，唐滌生的歌詞家傳戶曉的程度，達於有井水處，即能歌《帝女花》《紫釵記》。一個甲子以來，香港粵劇團演出的劇目，多半以唐滌生的遺作為主，尤其是仙鳳鳴幾齣戲寶，則唐滌生心力所傾，精魂所寄，於梨園已化為紅梅朵朵姹紫嫣紅了。

唐滌生劇本的風格，是愛情不渝，仁義不讓，忠孝不移，主題壯美，人物生動，佈局細緻，刻畫細膩，文采斐然，曲文高雅，對白精警，讚美傳統價值觀卻又沒有說教之病。常唸常唱其歌詞，不只覺得齒頰生香，更感覺到掌心溫熱。那才子燃燒自己的生命，燒盡了自己，終於留下火焰，照亮粵劇。

六十年彈指而過，仙鳳鳴劇團當年創造了粵劇盛唐之世，奈何人事代謝，除了仙姐和任冰兒女士外，尚在人間者已不多了。幸而仙姐體力仍健，對粵劇矢志不易，在紀念任姐的大日子，推出多場日新又新止於至善的戲寶。「生時不負樹中盟」，當年指着含樟樹所結之盟，仙姐何止不負，簡直完美履行了。

「梨園生輝」，維多利亞港碧波蕩漾，一時間多少豪傑，我這受惠不淺的後學，只希望藉

此書紀念天上的唐滌生和任姐，和祝福人間的仙姐。

二〇一九年十一月

目錄

第一輯

奈何別也倥偬

相見亦似夢
奈何別也倥偬
——《再世紅梅記》

灑淚暗牽袍

相傳在北宋年間，「有井水處，即能歌柳詞」；那麼若說，近三十年的香港，「有自來水的地方，就有人懂得哼唱帝女花」，當不過分吧。

粵劇名劇作家唐滌生先生為仙鳳鳴劇團撰寫之曲本，早已有口皆碑，其中《帝女花》一劇，更香貫梨園。觀唐氏一生所作，多半為男女歡怨，然文詞雅麗，寫情之處，尤其刻骨纏綿，其中以《紫釵記》為極致。真摯的愛情誠然值得歌之詠之，可是，若齣齣劇本的內容都只局限於痴男怨女的矢誓之盟白頭之約，便難免落入才子佳人、鴛鴦蝴蝶式的窠臼，即使曲文再華贍，亦終嫌膚淺。而《帝女花》出色之處，在於能突破薔薇色的框框，讓主角從二人世界中跑出來，故事既不以大團圓為結局，更於綺羅香澤之外，再添氣壯山河之筆；於情話呢喃之外，亦奏黍離之音。蹊徑另闢，腕力過人，難怪此劇能睥睨一代，成為粵劇的瑰寶。

《帝女花》是以離合悲歡為經，朝代興替為緯。闖賊李自成殺入紫禁城，不但毀了明朝的江山，還搗碎了一段大好姻緣；鼙鼓之聲揭地而來，金童玉女不得不鶼鰈釵分。崇禎為恐帝女為賊兵所污，唯有狠心揮劍，長平玉臂受創，是正史所載。唐滌生便借此為題，另做文章〔註〕，寫長平逃過死劫，養病於舊臣之家，怎料前朝老臣為餐周粟，欲把宮主賣於清帝，宮主只得暫借庵堂避世，不意與駙馬重逢，在駙馬央求之下，宮主終於答應再續前緣。

豈料紅燭高燒之際，駙馬竟偕同清室大臣來迎接新娘；宮主登時狂怒，唾辱駙馬賣妻求榮，卻原來駙馬另有苦衷。他痛心崇禎遺骸未殮，太子仍然在囚，所以假作棄節降清，趁機與清廷交涉，要求葬崇禎、釋太子，然後宮主才歸順清朝，因為駙馬深諳清帝欲利用帝女為懷柔手段的幌子。至於事成之日，他願與宮主自盡殉國，以求挺節不污。

以一肩挑起明末的餘恨，以孤身闖入滿清虎狼之殿，少一點忠君之義，減半分愛妻之情，差少許機智，欠一些辭令，無至大至剛的正氣者，斷不肯為、不能為此大事。而慨然蹈大難者，卻是崇禎以為文弱得無力護花、長平錯冤枉了的駙馬；此際，宮主焉能不翻江倒浪般感慨起來呢？就在駙馬要上朝時，宮主禁不住哭喚一聲「駙馬」，駙馬卻若無其事地

長平宮主像

（圖片取自仙鳳鳴劇團第四屆演出《帝女花》特刊）

唱道：「小別自非如永別，宮主呀——妳緣何灑淚暗牽袍？」輕輕道來，卻有千鈞之力！

暗暗牽袍，這個小小的動作，正是無聲而有意的身體語言。宮主與駙馬間萬般的恩情和愛情，都盡在此句了。牽袍，不過用了微微的力度，卻包含了宮主的感激、愧歉、叮嚀、焦慮、企盼，還有不捨，駙馬入朝與清帝討價還價，萬一清主反目，則駙馬難免肝腦塗地。輕輕牽一下駙馬的袍角，這親暱的小動作，可能是他倆此生此世最後的一次接觸了。這麼一牽，怎能不令人魂斷？情到了這境界，已然是化境了。

而「暗」字，正好刻畫他倆的默契，天地之間，只有他倆曉得這密約，相依相許共赴患難之情，躍然紙上。

宮主之意，駙馬寧不會心？只是他見宮主既不能忍淚，又再偷偷牽袍，這些不尋常的舉動若給清臣看在眼裏，可能會起了疑心，所以他不慌不忙地道來，表面是勸解宮主，實則是掩飾內情。駙馬的急智及口才，亦給此三句點染得畢肖玲瓏。

故此「灑淚暗牽袍」一句，實在是《帝女花》一劇之曲眼。

人的情緒激動得無以言傳時，唯有用動作來表示，觀察入微的作家都善於借動作來狀

情；有時一個小動作，可能勝過萬語千言。唐滌生正是這類作家，就憑這五個字，已細膩而傳神地勾勒出一幅既悲壯亦淒美的死別圖。

且看駙馬在清殿，如何義正詞嚴，語帶鋒芒，針針見血的把滿清偽善的面具拆穿，清帝下不了台，即以死相脅，駙馬立刻回敬道：「殺人不在金鑾殿，尚可一張蘆蓆把屍藏，倘若殺身恰在鳳凰筵，只怕銀槨金棺難慰民怨唱。」這位駙馬，不是夫憑妻貴的窩囊漢，而是不辱使命頭角崢嶸的藺相如。

這對劫後鴛鴦，在花燭之夜，風光旖旎之時，卻先帶淚向先帝先后上香，所謂「感先帝，恩千丈，與妻雙雙叩問帝安」。他們所悲的不是榮華盡散，而是「江山悲災劫」。然後，這位明朝駙馬才挑燈窺妝，這正合此劇以民族大義為重、琴瑟歡愛為輕的本意。最後，他倆在「盼得花燭共諧白髮，誰個願看花燭翻血浪」的心情下，依然飲下砒霜，寧在「泉台上再設新房，地府陰司裏再覓那平陽門巷」，一方面對生有所戀，另方面對死無所悔，這矛盾使他們更有血有肉，從取捨之間，更見其愛國情操。而結局不是慶團圓，竟是主角雙擁而亡，也是粵劇裏少見的。

出色的曲詞，固然有助流傳眾口，可是，倘若不是由任劍輝、白雪仙、梁醒波、靚次伯來演繹，《帝女花》又怎能家傳戶曉呢？除了任劍輝，又有誰能演周駙馬呢？任劍輝雖是易釵而弁，然而袍甲戲的基礎使她在舉手投足間別有一股磊落之氣，這份磊落，使她看來瘦而不弱，溫文卻不懦怯。她古裝的扮相，清癯而秀拔，風神清朗，飄逸不群，最難得是一身書卷氣。每次想起情深一往亦獃亦憨的痴情種子、傲骨嶙峋腹藏萬卷的書生、不畏權奸直言敢諫的賢臣時，腦裏就浮動着任劍輝翩翩的身影，耳畔就響起咬字清、腔口爽的歌聲。她是多情的柳夢梅，是才高的李後主，是十奏嚴嵩的海瑞。從舞台而銀幕，任劍輝的出現，猶如古代的書生還魂再世；而這書生的氣質，是正直與癡情的結合，正好讓現代人追溯古典的情懷。最可嘆是任劍輝竟羽化登仙而去，她的離去，是象徵了一個時代的結束——這世代，已不再正直不再癡情了。曲隨廣陵散，書生已成幻影，駙馬的盔不得不由墳墓收藏，殯儀館內外的三千戲迷，以及未及親臨弔唁的知音，縱對她萬般不捨，也頂多只能臨風灑淚，連暗暗牽袍也不能了，焉能不唏噓再三？

寫於任姐出殯後七日

〔註〕

崇禎於三月十九日殉國，清兵五月初一入京，五月初四即為崇禎發喪成禮，卜葬山陵。而年方十五之太子慈烺則於城破之日不知所蹤，並非落於滿清之手。又長平之下落，有兩種說法，一說她確與周世顯成婚，滿清餽以田舍若干。一說她隱遁江湖，成為獨臂神尼。此皆與《帝女花》之情節相異。（原載於《姹紫嫣紅開遍》卷三，香港：三聯書店）

一生最愛是自然——淺說任姐風華

教授來自北京，她教普通話正音，在課堂上說了一番話：「那時已來了香港好幾年了，還不怎麼懂得廣東話，可是有晚夜半，朦朦朧朦間聽到歌聲，那歌聲呀，字音吐得清脆利落，收得飽滿圓潤，聲母和韻頭韻腹韻尾都清晰玲瓏，一點也不含糊，真是字字完美；我當時醒了一醒，望望電視，原來是任劍輝在唱粵曲，啊，這才明白，為甚麼你們香港人那麼喜歡她，還稱讚她是藝術家了。」

這經驗來得十分有趣，值得細想。人在半醒半睡間，對於聲音，尤其是潛意識知道聲波來自電視，往往不很在意，就任聲音飄遠如風過林梢，可是忽來歌聲，教人在睡意模糊之際，電光火石一閃，矍然醒來，心搖神動，則那歌聲，必是天籟了。不諳粵語，不是「粉絲」，對語音很有研究的外省學者，夜闌邂逅，破空而來，在夢中切入，則這評價便顯得格外客觀了。其實，不管是外省人或外國人，只要聽過看過任姐的戲，都會說：「難怪香港人那麼喜歡她了！」

任姐確有萬千寵愛在一身的福份和魅力，而福份和魅力，是很難分析的，我對戲曲和音律的認識極其皮毛，只憑戲迷的直覺，膽大而武斷地認為任姐造詣至高之處，在於自然。

教授盛讚任姐音清字露，然而導演李鐵對任姐唱腔的評價是：「若論唱功，她可能不算特別標青，但勝在聽落舒服。」〔註一〕是耶非耶？不能否認，常聽人說「薛腔」、「馬腔」，說「任腔」者委實不多；不過，要唱得「聽落舒服」，也要經歷千錘百鍊，更何況任姐唱戲，也不只是「聽落舒服」那種層次。且聽《帝女花》迎鳳：「我何嘗變志，更未嘗賣去清操，別有傷心抱負……」這種歌聲，何只如泣如訴，簡直是披肝瀝血了。可懷大志，可賦深情，也可逗笑，《獅吼記》中陳季常遭惡妻罰跪池頂燈，唱得可憐可笑，但唱到新歡如何柔情似水時，則眉飛色舞，神魂顛倒，酥軟入骨，那花心情相，真可笑破肚皮。《琵琶記》無緣一聽，「血淚已迷濛，痛定還思痛，三年一覺家鄉夢，寡恩難許作痴聾」數句，仙姐說任姐每唱到這兒，總是哽咽斷腸〔註二〕。能唱得哽咽斷腸的曲藝家，能有幾人？《琵琶記》無緣一聽，唯有反覆想

像，想像任姐怎樣演繹，居然能想出來。怎能未聽而臆度呢？連我自己也奇怪，可能任腔於我，是最親切最久遠的回憶，是童年的清音，已熟稔如鄉音了。

台上也好，台下也好，任姐都一以貫之，質性自然，一唱就完全投入，再加上她在唸白的功力，所以周世顯之痴情而剛毅，裴禹之急色而膽小，海瑞之耿直而憂國，無不活靈活現。

至於唱功重要，還是感情重要，這是一個永恆的爭議。

說起唸白，既然「千斤唸白四兩唱」，則《紫釵記》拾翠還釵時一聲「好」，自信自矜，溢於言表。《再世紅梅記》環珮魂歸「呀」，驚喜驚豔，孟浪而出。《帝女花》迎鳳回答宮主「當真」「果然」，哽咽失聲，迸自肺腑。再如《獅吼記》裏笑三聲「hea hea hea」，以為可以瞞騙惡妻，於是喜不自禁，僥倖得意，其實心虛。至為平常的語氣詞及笑聲，給任姐說來，總是神圓氣充，玲瓏活現，何以故？此無他，不肯，也不屑於裝腔作勢；自然率真，熱誠融入，加上基礎湛深，乃有行雲流水之態，渾然天成之境。

同樣，不過一把紙扇罷了，誰不會拿呢？然而給任姐拿在指掌之間，隨隨意意的，已

尋常紙扇，任劍輝也拈得特別文雅。

（圖片取自仙鳳鳴劇團第四屆演出《帝女花》特刊，鍾漢翹攝。）

透出自在神色，從容氣度，似乎沒見過有人拿得比她更好看。誰能忘記《帝女花》「香夭」一幕，明朝末代駙馬挑燈窺妝時，不用手指去挑起頭紗，而是用扇，於是窺妝便來得含蓄而溫文有禮，也讓人感覺儘管皇室落難，仍不失雍容相敬。再者，那一組動作細緻而簡潔，沒有一個姿勢是多餘無謂，惺惺作態，純為表演而表演的。扇子本是道具，用以輔助角色和推展劇情，但道具落在她手裏，卻能活化之提升之。扇子變成了書生修養的象徵了。

莫説道具了，就算是關目、造手、功架、台步等等評價藝人造詣的一些標準，用於任姐，都變得太形而下太低層次了，只因觀眾的心神都給任姐攝住了，又哪管甚麼準繩？在《蝶影紅梨記》中趙汝洲與謝素秋於相府隔門呼喊，家丁持棒阻攔，汝洲推棒狂呼：「人到傷心無忌憚，馬到無繮欲囚難……」，汝洲為情痴狂為情硬闖，觀眾看得急了，只擔心汝洲安危，至於身段如何運用，已不暇理性分析。同樣，《帝女花》城破之際，崇禎把宮主紅羅賜死，駙馬不忍，情急得跪地扯奪紅羅，阻止宮主投繯，那一組跪地動作又是甚麼功架呢？國破家亡，死別最斷人腸，眼前一片亡國慘痛，觀眾看得心都碎了，至於哪派功架，還有精神去考究嗎？

程式法度，太落言詮，唯感人演繹，方是演藝最高境界。

但這並不是說任姐不嫻於功架，且看任姐生平：生於一九一三年，十三歲隨姨母小叫天學戲，從拉扯升為第二小武，並拜黃侶俠為師，學習各種古老排場；後來再拜桂名揚為師，學習袍甲戲〔註三〕。少年學戲，再轉益多師，悟性高，苦功勤，經驗多，涓滴成川，方有這般修為。顧曲者稱賞任姐舉止瀟灑，這瀟灑，其實出於硬朗，有小武根柢，有披盔插旗甩水髮咬翎毛功架，才可以在瀟灑中暗藏骨力，才不會軟綿綿，且無「何郎傅粉」態。這瀟灑，其實出於穩重，任姐初踏台板，不是踏上華麗舞台，而是在廣州大新及先施公司天台演個閒角，餐風飲露，從低捱起；其後時局動盪，紅船飄搖，奔馳於省港澳間，不免憂患，「我不懂甚麼藝術不藝術，演戲不過為了搵兩餐！」〔註四〕，話裏透着辛澀。正因憂患，才磨練出穩重，「君子不重則不威」，所以蟒袍角帶，公堂斷獄，不怒而威，目光如炬，步距開闊，一派威儀，幹練精明，重臣賢吏，於舞台上永留正氣。

總之，要把任姐造詣來分析，甚難。以文學評論喻之，不只是「句秀」、「骨秀」，而是「神秀」（王國維語）。以物喻之，乃一本線裝書，裝幀簡樸文雅，透着書卷氣，逸出自然美，

細看之，更覺情真才高境遠；這書，怎忍放下？

——二〇一一年十一月

註一：《武生王靚次伯——千斤力萬縷情》，頁一一六，香港：三聯書店，盧瑋鑾、張敏慧主編，二〇〇九年十一月第二版。

註二：《姹紫嫣紅開遍》卷三，頁六十二，香港：三聯書店，盧瑋鑾主編，邁克撰文，一九九五年二月第一版。

註三：《姹紫嫣紅開遍》卷三，頁六十一。

註四：《姹紫嫣紅開遍》卷一，頁四十三，香港：三聯書店，盧瑋鑾主編，邁克撰文，一九九五年二月第一版。

任姐百歲冥壽

那裏有任姐的歌聲，那裏就有長情的戲迷。

任姐生於一九一三年，今年正是百歲冥壽，原來她是年廿九出生的，日子好記，以後在這天當合十一拜，奉上心香。紀念活動不少，逝世二十三年了，戲迷熱情不減，可見魅力。更令任迷興奮者，是研究任姐的造詣、風格、成就，以及對梨園、社會影響者，與日俱增。舞台風采，不只永留觀眾心底，還化為翰墨，成為經典，踏向學術，演藝史及香港社會史上，有一章豐富而璀璨，乃是闔目一轉，水袖一揚，書生羽化而成的。

去年有幸聽了星加坡大學中文系容世誠教授演講，他在星馬等地搜集了許多資料，再細心分析任姐被譽為「戲迷情人」的歷程，內容充實，演說生動，教人難忘。演講後由台下發言及提問，老一輩任迷那份深情，令我不敢妄自矜誇，比我深情者不知幾許哩。我從未看過

任劍輝反手拿扇，依舊自然。

（圖片取自仙鳳鳴劇團第六屆演出《九天玄女》特刊，鍾漢翹攝。）

任姐舞台演出，聽前輩憶述當年，不禁心神嚮慕。

香港電影資料館亦推出任姐十齡電影，風格不同，可欣賞到她揣摩及演繹角色的功力，我滿以為自己是早起的鳥兒，怎料戲票早已售罄。在一月中旬的講座亦已額滿，幸而「驚豔一百年」展覽，讓我神遊其間，電影播放了《挖目保山河》片段，任姐瘦弱，舞刀弄槍確非強項，不過她到底追隨過桂名揚習袍甲戲，弓步拔劍，招招式式，有板有眼哩，顯然曾下功夫；棄武從文，難怪儒雅中暗藏了骨力。

——寫於二〇一三年一月

悲任去樓空

叮叮叮——每逢電車從銅鑼灣波斯富街，駛入跑馬地禮頓道時，我總是神思邈邈。很遠的回憶，很深的思念，交疊而來。電車再轉入黃泥涌道，鬧市喧囂漸漸退去，耳根頓覺寧靜。一路筆直，給人十分舒坦的感覺，一側是蔥蘢翠色，一側是老式而典雅的樓房，深居於此，自有一種大隱隱於市的情味。我往窗外望，目不轉睛，近了，近了，逸廬就在不遠處了。

逸廬，名字起得好。結廬人境，隱逸紅塵，清逸之氣，滿室流溢，這不正是任劍輝白雪仙晚景的描寫，不正是她倆人格的寫照麼？記者曾在此拍下無數相片，逸廬，已經隱隱然成為粵劇文化的地標，成為戲迷神往的瓊樓玉宇。

「悲鳳去樓空，只剩得我情未罄」，一九八九年任姐辭別人間，千行淚，灑不完。此後電車經過逸廬時，我總是抬頭仰望，任姐夢魂一定常返故居園的，此刻她在否？心裏就唱着「悲任去樓空，只剩得我情未罄」。情未罄是萬千戲迷，最情未罄者是與任姐相依相守了四十八載，如今孤雁一樣的仙姐。

任姐離開我們二十八年了，因何戲迷仍戀戀不捨呢？再者，她揮袖遠去，留在人間的是甚麼呢？

我嘗試從三方面去探討，更希望能夠在思念層次之外，再尋求積極意義來。

一是藝術造詣。最近我欣賞了任白慈善基金為紀念唐滌生百歲冥壽而公演的《蝶影紅梨記》，其中一個小環節很值得分析。當年趙汝洲是任姐，今夕趙汝洲是陳寶珠。在「窺醉」一幕，趙汝洲要取出詩稿來朗讀，但見任姐把手伸入衣袋，掏了好一會，才掏出詩稿，動作笨拙極了。可是陳寶珠卻是另一種姿勢。詩稿藏於衣袖，她輕輕伸手從袖裏取出，動作甚為溫文爾雅。噢，為何不依照原來版本呢？猜想一番，可能因為陳寶珠重投粵劇，雖然進步得有如脱胎換骨，但到底日子有限，若照足任姐姿勢去演，笨手笨腳的，則難免招來物議。這説明了甚麼呢？觀衆對任姐的演技十分瞭解，完全信任，而瞭解和信任，是基於歲月的積累。

任姐總是讓人喝采，從沒叫人失望。既已是爐火純青，任何身段表情皆揮灑自如，所以極為笨拙的動作，不是技藝笨拙，而是要刻畫趙汝洲悲愴心情下露出的窘態。

王國維所謂形秀、骨秀、神秀，任姐一一具備。一站台上，顧盼神飛。外形氣質，令人見之忘俗。舉止身段，不著一字，盡得風流。至於歌聲唸白，予人超於物外逸乎塵垢之感。天賦加上後天努力，鑄造了不朽成就。

二是人品修養。中國人理想化的人格並不遙遠，台上的任姐把古代讀書人復現眼前。至大至剛的正氣，至真至深的柔情，都發揮得淋漓盡致。這些風骨、氣度、操守，除了出自劇本，亦來自她個人的人品修養。沒有人品修養為基礎，很難演繹得深情至誠的。我也同樣舉一個例子以說明。任姐拜黃侶俠為師，孝敬恩師，生養死葬。飲水思源，貫徹始終，真是一派古風。舞台，是人生縮影。舞台，可以是教育平台。德藝雙馨的藝人，也可以成為教育家，把觀衆潛移默化。李益託霍小玉關顧貧賤之交崔允明，不是單憑演技，就能演得感人肺腑的。任姐的人品修養，是濁浪裏的中流砥柱。戲迷沉醉於歌影翩翩時，不妨記取任姐處世做人之道。

《蝶影紅梨記》之趙汝洲

（圖片取自仙鳳鳴劇團第五屆演出《紫釵記》特刊，鍾漢翹攝。）

三是傳承使命。在《任劍輝自述》一書中，任姐多次慨嘆由於戲行中人，吝於傳授，以致許多古老排場、精湛功架失傳。原來任姐為人，不是說了便算，後來她果真與白雪仙並肩，奉獻一切，培育雛鳳，耳提面授，言傳身教，把徒弟當成自己子女般看待。從飲食健康到戲服頭飾，從做手關目到舞台設計，事無大小，莫不操心，終於延續了粵劇一縷香火。任白不止是藝術家，更是師表典範；高風亮節，可垂丹青。其實，任姐當時身體已經荏弱，何不安閒處逸，頤養天年，卻要勞神費力呢？心願崇高，志向堅定，應驗了「待千秋歌讚駙馬在靈牌上」。

叮叮叮——電車駛離逸廬了，我回頭望去，逸廬已逸出視線。唉，縱有再多朋友造訪逸廬，又如何呢？哲人其萎，精神支柱已傾，熱鬧背後，逸廬冷寂，仙姐神傷，又焉能不悲任去樓空呢？

一坯心血字千行

該怎樣去形容「仙鳳鳴」劇團在粵劇史的成就呢？與其用四字成語如空前絕後、璀璨輝煌等等，毋寧用一個歷史名詞——「盛唐」。二〇一〇年夏，正是木棉花暖鷓鴣飛的風景，南國一隅的香港文化博物館，把「盛唐」之音重彈再奏。博物館以既富古典情韻，亦糅合現代科技的多種形式，把仙鳳鳴之中流砥柱唐滌生、任劍輝翩翩之身影，以及一些梨園舊貌，熠熠生輝地展現，長情而又多情的顧曲者，怎能不動容呢？

早已知道唐滌生愛為筆下女主角畫像，李慧娘、盧昭容、穆素徽的倩影都在劇團特刊上看過了，可是沒有震撼的感覺，不似今次。一踏入展覽館，映入眼簾的不是纏綿詩中句，而是給射燈照得玲瓏的九張巨幅直軸日本人畫像，頭飾服飾極其仔細，神情姿態又十分生動，少女之矜持，豔婦之風情，壯漢之驕橫，無不栩栩如生；原來這些都是唐氏為《富士山

之戀》而畫的人物造像，如今把畫放得大大的，讓人看得呆了。無緣見作詞人，音容笑貌都只憑泛黃的相片，可是此刻在眼前的，彷彿不只是丹青，不只是一邊畫一邊構想劇情的思量，不只是各種細節都關顧到這麼周密的品德，更是多才多藝的藝術家，在追求至善至美過程中，孤月寒窗孜孜矻矻之心血。呆立一會，忽然想起唐氏與任姐、仙姐、波叔和四叔一起討論劇情、介口、身段的多張照片，其中一張尤其意義深長。即使是春日郊遊，大家仍念戲在戲，捧曲坐在石階，波叔忽爾仰天高歌，響遏行雲，逗得人人呵呵大笑；五十多年前的舊照了，依舊清風朗月，教人神往。成功，從來都沒有僥倖，但成功不能不靠一點運氣。粵劇是綜合藝術，倘不是剛巧天才交會，交會於文藝創作自由兼經濟日趨蓬勃的殖民地時空，又剛巧各行當都人才輩出，剛巧猶是年輕體健，剛巧情氣相投，剛巧眾志昂揚，則仙姐縱有千斤之力，恐怕也徒嘆奈何，又怎會有「盛唐」之世呢？

右側有四小幅仿印象派畫作的精品，作於一九五四年，署了Dickson Tong的簽名，賣藝女郎踢腿而舞之嬌嬈，風塵女子提腿而坐之佻達，巴黎教堂之顫顫危危，街角噴泉之恬靜，其用色之細緻入微，筆力之精準入神，教我看得醉了。從沒想過唐氏能畫西洋水彩畫，又

梁醒波仰天高歌，逗得人人大笑，劇團融融曳曳。

（圖片取自仙鳳鳴劇團第五屆演出《紫釵記》特刊，鍾漢翹攝。）

畫得這麼到家。「我是廣東人，在黑龍江出生，今年二十歲，在上海美專畢業。」電影《南海十三郎》裏，他不是這樣向十三郎自我介紹嗎？上海美專，畫壇響噹噹的，難怪有這般美學修養了，我自命顧曲卻竟大意忽略。那麼，究竟是哪種因緣，令他放下畫筆，步入梨園。是堂姊唐雪卿（薛覺先夫人）的引薦？是世事滄桑，一言難盡？還是天意注定？注定一顆巨星要在粵劇界誕生，要讓戲迷顛倒，要讓粵劇像元雜劇一樣走進文學史去。

善畫畫，必善觀察。唐氏天生一雙慧眼，又樂於成人之美，讓老倌各揚其長，才華煥發。白雪仙外在嬌弱而內在剛烈，不正是活脫脫的霍家小玉？芳艷芬唱腔圓潤而幽怨，含冤的竇娥最宜由她演繹了。吳君麗得唐滌生提點，才從刀馬旦轉型為青衣。不是唐滌生的器重而加重靚次伯的戲份，則四叔難免懷才不遇。最有趣的是他捕捉到任姐的喜劇感，一於放膽讓一向癡情的任姐去演花心陳季常，結果竟是妙到毫巔。

「我為了欲譯一句原詞或化一句原詞，每每盡一日夜不能撰成新曲一兩句。」〔註一〕

「睡前，翻至《蝶影紅梨記》時忽然有謝素秋之名，下意識使我心波震動，如此偶合，莫非有神妙的推使？」〔註二〕

唐滌生與白雪仙，工作態度同樣認真。

（圖片取自仙鳳鳴劇團第五屆演出《紫釵記》特刊，鍾漢翹攝。）

一九五七年，唐氏抄寫《蘭亭集亭》，並抒懷曰：「《紫釵記》已脫稿、公演，今演至第十四晚，仍能滿座，但心神欠佳，惴惴然不知所因。」〔註三〕

一九五八年十一月，患了高血壓的唐氏在醫院會見記者，病中仍呼籲各界為粵劇出力。〔註四〕

一九五九年八月，他說：「我自從改編了《西樓錯夢》之後，病了一個時期……體力恢復得很慢。」〔註五〕

一九五九年九月十五日，《再世紅梅記》於利舞臺首度公演，演到環珮魂歸時……

「知音再難尋，濁世才未眾。」

書法、繪畫、音律、填詞、編劇、播音、社交舞、粉墨登場，樣樣皆能，而且在十九年間共作了粵劇四百多齣。更何況，至正至潔的情操、至真至切的情愛，都寄在清詞麗句，聽在耳則古韻悠揚，入於心則潛移默化，移風易俗都在不著痕跡，也不枉梁啟超先生在〈論小說與群治之關係〉的殷殷期盼了。「誰料詩中句，不及美風華」，這話也許過譽，但作詞人南人北相，衣冠閒雅，沉實中見瀟灑，比明星更似明星，任誰見了，都禁不住「臨風遙讚好儀容」。

唐滌生，真是一代才子。

註一：《姹紫嫣紅開遍》卷一，頁十一。

註二：《姹紫嫣紅開遍》卷一，頁四十二。

註三：「梨園生輝」展品。

註四：《姹紫嫣紅開遍》卷一，頁一百九十六。

註五：《姹紫嫣紅開遍》卷三，頁四十四。

向靚次伯致敬

兩三年前，偕家人往荃灣大會堂欣賞「雛鳳鳴劇團」的演出，那次公演是為仁濟醫院籌款，所以未開鑼之前，總理先向老倌致送錦旗。兩位台柱先後亮相後，靚次伯便出場；他已年登耄耋，還不辭勞頓，粉墨登場，觀眾席中自然掌聲雷動，向他歡呼。

我也在鼓掌，卻察覺到他步履蹣跚，顫顫危危的，若有不勝之狀；心裏暗想，他已經老態畢呈，今夜可觀的恐怕僅得兩位年輕的台柱了。

是夜的劇目是《牡丹亭驚夢》，龍劍笙扮相俊雅，她很有觀眾緣；梅雪詩太「嗲」，相貌也吃虧了點，但台步做手頗嫻熟。然而最教我驚歎的卻是靚次伯。這麼龍鍾這麼衰頹的老人，怎麼會在幔幕乍啟，鑼鼓一響，就變成虎虎有威儀的杜太守呢？

杜麗娘遊園思春，弄得苦病纏綿，終而紫玉成煙；杜太守掌上珠沉，內心悲痛而外表卻

「武生王」靚次伯功力沉雄，坐車、拋鬚等功架，當代無雙。

（圖片取自仙鳳鳴劇團第八屆演出《再世紅梅記》特刊）

要強抑，靚次伯把那種心情拿捏得很有分寸。最精彩是末場，杜太守誤會柳夢梅開墓掘塚，盜屍而去，自然怒不可遏。但見他拍案怒斥書生，雙目炯炯如炬，其悲其憤其怒其威，咄咄然，悍悍然，真令人看得透不過氣來。

偏這時柳夢梅高中狀元，但杜太守絕非前倨後恭之輩，依然要上書朝廷，徹查此案。後麗娘上殿，細道死後回生之經過，乞求父親原宥，可是杜太守惱怒女兒無媒苟合，有損家聲，死也不肯招納這女婿。靚次伯把那種執拗、頑固、偏激而決絕的性格，表演得淋漓盡致。他龍行虎步，捋鬚拂袖，冷面斜睨等功架和神情，都已登峰造極，給他一比，兩位台柱都給比下去了。最難得是唸白和唱詞時，依然神圓氣足，其音質其氣勢，絕不遜於任白時代。

是甚麼力量，使他忽而霍然傲立、精悍如故呢？是鼓樂之聲在催眠？是戲迷的眼神在激勵？是他體內的戲劇細胞在掙扎？

整齣戲長達三個鐘頭，他沒有一絲偷工減料，沒半點欺場。他拼盡了自己，在舞台上。

後記：靚次伯已作古多年了，他遺下的，不只是六國大封相時「坐車」的功架，不只是奉獻粵劇的精神，還有濟世的熱腸——在將軍澳有一所仁濟醫院靚次伯紀念中學。

第二輯

生時不負樹中盟

生時不負樹中盟
何必張皇驚日後

——《帝女花》

帝女花嬌

「回眸幾累纖腰折，好似風中楊柳霧中花」，佳人回眸，眼波依依，眉目含情，已經夠動人了。更何況一個回眸，竟讓纖腰欲折，好個「累」字，弱如嫩柳，楚楚可人，又愛她回眸，又怕她扭傷了纖腰，對着佳人，矛盾就出來了。能把白雪仙的神態捕捉得那麼生動，描摹得如此精確的，唯劇作家唐滌生一人，當時是一九五七年。

當時白雪仙二十九歲，風華正茂，仙姿美態，不止永留在相片和電影，還永藏在唐滌生的劇本裏。六十年後，即二〇一七年，我終於有幸能近距離細看這位佳人。那天在逸廬，她在囑咐一些甚麼，然後不經意地轉過身來，見客至，藹然一笑。我立在三尺之外，很有心理準備地等待，待見回眸，仍禁不住心頭顫動，她的確是佳人。

日月逝乎上，人的體貌又怎能不變呢？然而眼前人虛齡九十，神態之美，仍有六七分

「回眸幾累纖腰折，好似風中楊柳霧中花」。倘若「言語發自心聲，辭令寄於學問」，那麼，優雅來自修養，氣質出自品格。人生歷練，歲月沉澱，書香浸淫，所以依舊動人。

那次隨着中文大學圖書館的職員往逸廬，一則拜候仙姐，二則借釵供展覽用。逸廬是任白戲迷魂夢所牽之地，「俗客難登鳳駕台」，我從來都沒想過可以造訪逸廬，卻在緣份牽引下，終於登臨。本是初到逸廬，環顧四周，卻似是舊夢重現，只因供奉任姐相片的飯廳給娛樂雜誌刊登了無數次。任姐相片成為逸廬的中心，以及一切活動的背景，儼然是家祭毋忘告任姐。這相片是精神的象徵，守護着一切。

我們逐一上前鞠躬致意。任姐笑容有春暉化冰的奇異力量，她笑着笑着，訪客步入逸廬，自然而然不假思索就會走近相片鞠一個躬。禮儀形於外，發乎內心者是對任姐的景仰與敬愛。仙姐立在一旁，待我們行禮後，便以薑汁咖啡奉客。仙姐跟我這小輩説話時，聲低調婉，文雅多禮，完全是她那代人的禮數與人情味；而顧盼之間，無限嫵媚。

但見桌子上疊着文學戲劇書，客廳擺放了多盤蘭花，書卷花香，朝朝暮暮，伴住這古典美人。借釵還釵，兩訪逸廬，逗留了不到一個小時，儘管印象難忘，但始終不足以立體把她

描摹，我更傾向於從電影、唱片、訪談、圖書館的任白珍藏等去認識她。

我覺得仙姐外貌似父親白駒榮，亦繼承了父親的藝術天份；辦事魄力則來自母親。她二十八歲已經領導仙鳳鳴劇團，革新粵劇，吸納京崑所長，把粵劇推到登峰造極。至於其演藝才華，也不要忽略，其中以《帝女花》演得最好。長平宮主氣度高華，偏逢落難，相當難演；後來以為駙馬要出賣她，奔上小樓，吹滅花燭，急痛攻心，四肢無力，雙手一軟，花燭墜地。若把花燭狠狠擲地來表達盛怒，境界便低了。細緻，是白雪仙的風格。

她的唱腔韻味深長，感情細膩，快板慢板，無不繞樑；咬字清晰，唸白入木三分。有音樂家認為任白鑽研粵曲多年，腔口很難改變，奇怪是《花都綺夢》中兩人大唱流行曲，竟把粵曲唱法完全甩掉，證明功力深厚，無入而不自得。她瓜子臉，美人尖，身材苗條，體態嬌娜，符合了唐滌生說花旦一定要惹人憐的標準。她極其重視造型，從壁畫學習古代女子裝扮，加上轉益多師，孫養農夫人（胡蘐）傳授給她舞台美學和京崑做手關目等。學問使她再上層樓。

說到學問，誰像她那麼好學呢？為演杜麗娘，不僅熟讀唐滌生劇本，還把湯顯祖原著讀

了好幾遍，成竹在胸，揮灑自如。為演《白蛇新傳》，居然在而立之年苦學武功。她可以研墨揮毫，為香港大學「任白樓」題字。她可以隨口就把納蘭容若詞背出，說若與任姐重逢會說：「重泉若有雙魚寄。好知他年來，苦樂與誰共倚？我自中宵成轉側，忍聽湘弦重理，待結箇他生知己。」可謂情深而學富。她在戲曲的學問與眼光，足以讓她有膽量融合非粵劇元素，吸納西方的、前衛的、其他行當之所長。由她擔任藝術總監的《帝女花》、《西樓錯夢》、《再世紅梅記》與《蝶影紅梨記》，無不力求完美。

完美型的性格，自然事事嚴謹。然而，我也沒有忽略她的溫柔。任白每與孩子合照都笑容燦爛，任姐高興，仙姐溫柔。想來那批照片是伏筆，對孩子之愛，加上承傳粵劇的心願，日後發展為雛鳳鳴劇團。正因溫柔，所以懂得體貼。梅雪詩憶說當年登台，仙姐替她們抹汗補粉。晚上一定先看看徒弟們是否蓋好被子，自己才安睡；又代付車資、醫藥費等。家境清貧的，她甚至每個月給資助，難怪馮婉儀幾十年後提起師恩，仍淚承在睫。一九六四年雛鳳鳴初試啼聲，仙姐不惜工本，更為了替徒弟打氣，悄悄買票贈人，怎料恰遇颱風，太平戲院天台漏水，她心焦如焚。這次演出仙姐虧蝕了四萬八千元，這筆錢足夠買幾層房子了。仙姐

白雪仙好學不倦，當年為了演杜麗娘，
把湯顯祖原著與唐滌生劇本讀得滾瓜爛熟。

（圖片取自仙鳳鳴劇團第四屆演出《帝女花》特刊，鍾漢翹攝。）

體貼，所以「任白慈善基金」在筲箕灣和將軍澳成立了兩間老人院，她曾低調地探訪，院內有老人平日很少站立，一見仙蹤，竟然興奮得自己站起來。

白雪仙幾乎把一生都奉獻給粵劇，其貢獻兼有藝術發揚與人格典範，真是德藝雙馨。她具備名旦風致與內涵，又領導仙鳳鳴劇團，讓粵劇攀上高雅殿堂，再而推動粵劇教育，薪火相傳，立己立人。至今不少後學劇團，都以仙鳳鳴的戲為演出重點。這幾十年來她獲獎無數，盛名更顯，然而她總是把功勞歸於與她奮鬥的一眾夥伴。

佳人難得，才藝難得，深情難得，良師難得。九十風華，真難得。今天是仙姐九十壽辰，祝她仙壽恒昌。

生時不負樹中盟——賀白雪仙女史九十一壽辰

白雪仙不止是出色的粵劇花旦，更是上下而求索的藝術家。當年是年輕有為的班主，今日依然是完美主義的表表者。在粵劇，不止是先行者，更是毅行者。

「仙鳳鳴在舞台上的改革，以較現代的方式給觀衆視覺上和感情上更大的滿足。過場改用紗幕，以剪影把間場帶過，落幕前人物在台上定形。熄燈後乾淨利落，删掉不必要的上場下場。」以上舉述，不過是不勝枚舉的例子之一。對粵劇藝術，她念茲在茲，不懈不倦，從二十八歲成立劇團到今天九十一歲。生命有多長，意志就有多長，韌力就有多強。那麼，上天賜她長壽，賜她健康，賜她智慧，賜她心火，必有深意存焉。

她少時有志於粵劇，寧願放下書包，一心學戲，卻遭父親拒絕。她便跪在地上央求，長跪不起，父親跑開，小女孩跪着來追逐，一片精誠，要打動金石，父親唯有應允。她父親

是小生王白駒榮。父親俊秀的面孔，演戲的天份，都遺傳了給這位排行第九的女兒。有女如此，白駒榮可謂無憾。

上天為她安排了路。讓她生而為名伶之後，家學淵源，以小宮主的身份踏上台板，經歷了梅香角色的磨練。她的天份和力學，這種種條件都使她更容易受藝壇發現，更容易受戲迷重視。然後又讓她折梅巧遇，碰上一個又一個風流人物，那些都是粵劇界響噹噹的前輩。從相遇相交而受益而日漸成長，最後小妮子自立門戶，成就大事業。

她在十五歲那年遇見一生裏頭最重要的人物——任劍輝。任姐當時三十，已成名於省港澳，紅遍於大城小鄉。任姐曾拍過許多花旦，包括譚蘭卿、徐人心、余麗珍、芳艷芬、羅豔卿、鄧碧雲、吳君麗等，她天性隨和，與甚麼花旦都合拍。不過，合拍到天衣無縫、水天一色的，確是只得白雪仙一人。兩人高度相配，氣質相近，惺惺相惜，引為知己，莫逆於心，所以於舞台之上，心意相通，眼神造手，呼應自如，默契交流，完全會意。難得是十五歲與三十歲，剛好一倍的年紀，都是風華正茂。有任姐相襯，仙姐不致寂寞。有仙姐推動劇務、製作名劇，任姐造詣再上層樓。任白乃成為粵劇史上的傳奇。

任白外形氣質，堪稱絕配。

（圖片取自仙鳳鳴劇團第六屆演出《九天玄女》特刊，鍾漢翹攝。）

接着她遇見唐滌生。唐是天才橫溢的劇作家，有緣者是他所編的第一個劇本《江城解語花》，是由仙姐父親演出，冥冥中兩個對粵劇充滿理想的人碰在一起，如鍾子期之遇伯牙。唐為仙姐創立之「仙鳳鳴劇團」竭心盡善，還處處指引，例如叫她要穿旗袍，好突出花旦的身份。要學書法，好增進藝人修養。形象和內涵，都代為策畫。他更鼓勵灌錄唱片，讓藝術光華，借科技而保存，甚而發揚。高瞻遠矚，識見不凡，為劇團確立目標，打下基石，還為劇團編寫了多套不朽名劇。這些劇本主題崇高，文辭高雅，清曲傳揚，聲動遐邇，貫穿時空，唱出了粵劇的盛唐。

運氣是留給有心人的。唐滌生在麗的呼聲有同事沈葦窗，認識孫養農夫人胡蔴，機緣湊泊，白得能結識孫夫人。這又是「相見也是奇逢」，原來胡蔴是梅蘭芳之入室弟子，得梅派真傳。白雪仙喜從天降，敬之如師，此次奇逢使她藝術修為一日千里。苦心求學，不恥下問，孜孜不倦，乃成大器。白演繹細膩，富京崑之美，胡居功至偉。以今日標準來看仙鳳鳴的舞台設計、服裝、道具、燈光等，依然美不勝收，皆因為有胡蔴這美學家在幕後指點。

白雪仙是高傲的，但只要遇上值得尊重的人，必然謙虛請教。孟小冬曾教她拈起衣袖演

白雪仙於戲服、髮飾，極其考究。

（圖片取自仙鳳鳴劇團第六屆演出《九天玄女》特刊，鍾漢翹攝。）

戲，靚次伯教她演紮腳戲、教她擊掌，她受過教益，一生不忘，常常提起。一個人的素質如何，是否懂得謝恩，總在小節流露，所以任姐、唐滌生、胡藝對她格外疼愛，不是沒有理由的。

奈何劇團主帥之一唐滌生因高血壓，竟然在創作巔峰期，英年早逝。他一死，樑摧柱崩。到了今天，白仍然說：「要找一個有唐哥一個骨（即四分之一）才華的人，也找不到了。」說得唏噓。

白雪仙幾乎不想把劇團延續下去，可是她媽媽從旁鼓勵。她終於再演一齣與唐編排完全不同的古老劇目《白蛇新傳》，輔以舞蹈武打。數年後重演唐之舊作，然後任白漸漸轉型。她倆從名伶變為薪傳人，把理想寄託於「雛鳳鳴」這批徒弟身上。任白創立的學校，規模儼如小型的演藝學院，頂尖的師資，周密的制度，全面的課程，只盼辛苦種得花錦繡。

任姐身體一直欠佳，原因是她幼習小武，翻筋斗，甩水髮，弄刀槍，這些功架固然助她練成一身瀟灑身段，可是以她瘦弱之軀，未免吃力。加上家累太重，食指浩繁，接戲頻密，一天趕幾組戲乃家常便飯，結果捱壞了身子。任白相依相伴，數十載形影不離，任姐晚年，全仗仙姐照顧。在中文大學圖書館主辦的「任白珍藏展」中，有一位戲迷跟我說：「我曾在紅館遇見任白，那時任姐已經很老了，下車由仙姐小心扶着。仙姐真好！」陌生人無意一瞥，往往看得分明，連秋毫也看出來；愛戴任姐的，又怎能不感激仙姐呢？

在「駙馬盃墳墓收藏」之後，仙姐傷心了好久，可是我猜她忠於信念，不讓自己再消沉，終於振作起來，還成立了「任白慈善基金」，惠及莘莘學子和貧病老弱。另方面，又在紀念任姐的大日子，先後製作了《帝女花》、《西樓錯夢》、《再世紅梅記》、《蝶影紅梨記》，以日新又新的創意，來發揚粵劇藝術。當年她之所以與任姐、唐滌生、胡蕻，以及所有團員，星夜相逢，互相砥礪，散發光芒，不正正是為了粵劇藝術麼？

上天賜她長壽，賜她健康，賜她智慧，賜她心火，必有深意存焉。從二十八歲到九十一歲，她一直為粵劇奮鬥不懈。一句「生時不負樹中盟」，她唱得太完美了。

謹祝仙姐福壽康寧。

——寫於二〇一九年五月

九十風華帝女花

情結雙樹盟——訴任白情緣

白先勇曾借用「十部傳奇九相思」（明李漁句）為專題演講題目，所以生旦相配，已成關鍵。生旦在年齡、高度、容貌、氣質、造詣、藝術追求都要相當，又要身段呼應，感情交流，心意相通。如此匹配，談何容易？粵劇史上彷彿若有所待，等待着驚才絕豔。

任白緣聚於澳門。任時年三十，聲名鵲起；白年方十五，後起之秀。彼此莫逆於心，台上比翼，台下並肩，終身不渝。任劍輝如《易經》所言：「君子以厚德載物」，白雪仙則如《禮記》云：「誠之者，擇善而固執之者也」，性情不同，恰好互補，不止燦爛舞台，永留蝶影。最難得篤志承傳，乃有雛鳳鳴劇團。

《帝女花》有「雙枝有樹透露帝女香」之句，雙樹含樟，情結樹盟是起點；有任白，才有仙鳳鳴，才感召到濟濟賢才。非比尋常的才情、情義、理想，根深葉茂，綠蔭梨園，長青史上。

彷彿有劍在

任劍輝（一九一三—一九八九），廣東南海人，粵劇女文武生，有「戲迷情人」之稱。她演出了約三百部電影，其中以《六月雪》、《帝女花》、《紫釵記》、《大紅袍》、《李後主》最為著名。近年學術界多次以她為研究對象，已舉辦一連串學術專題會議。

究其成功原因，約可從數方面分析：一、身段瀟灑，骨氣奇高，儒雅清逸，儼如書生再世，令人見之忘俗。二、咬字清圓，吐音飽滿；唱腔則韻味天成，超乎塵俗。三、小武出身，曾學桂名揚演袍甲戲。以小武基礎來演小生，難怪舉手投足，爽快磊落，一派英氣。四、不拘程式，行雲流水。真情演繹，每逢唱到傷心處，自然哽咽如泣。演清官則赫赫威儀，大氣磅礴；演才郎則風流俊俏，一片癡情。五、易釵而弁，溫文而無脂粉氣，剛直卻無

粗氣，所以最得女戲迷歡心。六、唐滌生根據她的外形氣質而塑造角色，更把讀書人的德行都賦予在她身上。生花妙筆與精湛演技，相輔相成，所以任姐已化身為古代書生，象徵了理想、忠孝、節義、正直與浪漫。

還待認仙蹤

白雪仙（一九二八—），廣東順德人，粵劇名旦、班主、先鋒、良師，其成就可從數方面論述：一、名旦造詣。天賦不凡，敬業專業，台上風姿，娉婷嬝娜。訪師學藝，身段做功，融匯了京崑所長，優雅動人。口白清脆玲瓏，細緻傳神；唱快板如珠走玉盤，堪稱一絕。二、提振粵劇。成立仙鳳鳴劇團，得唐滌生及孫養農夫人之助，革新粵劇，於劇本、戲服、佈景、燈光、配樂，盡善盡美。魄力不凡，善於管理，改良戲班制度，首創用導演來排大戲；劇團合作無間，帶領粵劇步入高雅境界。三、薪火相傳。願景深遠，傾盡心力，培育雛鳳。除了任白言傳身教外，更禮聘多位名師，教授全面課程。雛鳳一脈相承，大受歡迎。四、樂仁好善。成立任白慈善基金，貢獻社會。

她獲香港演藝學院頒授榮譽院士、香港電影金像獎及香港藝術發展局頒授終身成就獎、金紫荊獎、香港大學及嶺南大學頒授文學博士。仙姐是典型的完美主義者，九十風華，依舊製作粵劇，堅持完美。

一坯心血字千行

唐滌生（一九一七—一九五九），廣東中山人，粵劇劇作家，天才橫溢，詩書畫及印象派畫皆能，共創作了四百多個劇本。他為仙鳳鳴劇團編寫《牡丹亭驚夢》、《紫釵記》、《帝女花》、《蝶影紅梨記》、《再世紅梅記》等劇目，結構之嚴，寫情之切，對白之警，文辭之美，直追關漢卿、湯顯祖；其作品已成為學術研究對象。仙鳳鳴之所以日新又新，秀出千林，他居功至偉。他高瞻遠矚，鼓勵灌錄唱片，幾套仙鳳戲寶得以流傳廣遠。

他喜歡自元明曲本取材，重新編排，筆力千鈞，絲絲入扣，辭藻雅麗，把文學熔鑄於粵劇。劇本關注全局，燈光、佈景、角色介口、台位，甚至一組配角的動作，無不仔細交帶，可謂嘔心瀝血。其力作已成粵劇經典，於舞台則為票房保證，餘蔭後學；於案頭則可低吟輕

誦，砥礪品德，有助文章。

一九五八年因高血壓入院，在醫院會見記者，以振臂一呼的熱情，籲請藝術界推動粵劇，因為他深信粵劇能移風易俗教化社會。一代才子，用心良苦；奈何天不假年，於《再世紅梅記》首演時魂離座上，年僅四十二。

喝斷長江波浪湧

梁醒波（一九〇八——一九八一），廣東南海人，有粵劇「丑生王」之譽。生於星加坡，天資過人，熟習各種古老排場功架，年少已稱王於星馬。三十年代來港獻藝，以「三多」聞名——「埋班多」、「走埠多」、「拍片多」，電影拍了四百多部。詼諧逗樂，鬼馬惹笑，插科打諢，天才表演，堪稱「一代笑匠」。〈光棍姻緣〉、〈呆佬拜壽〉、〈釣魚郎〉，諷世名曲，風靡一時。其後從舞台、電影轉型為電視節目主持，橫跨三個界別，游刃有餘，可見才氣縱橫。

波叔光芒四射巔峰之作，是演唐滌生筆下人物。黃衫客之軒昂豪邁，崔允明之貧而挺節，賈似道之陰險兇殘，周鍾之機變勢利；或聲勢奪人，或賺人熱淚。他演戲很活，擅用眼

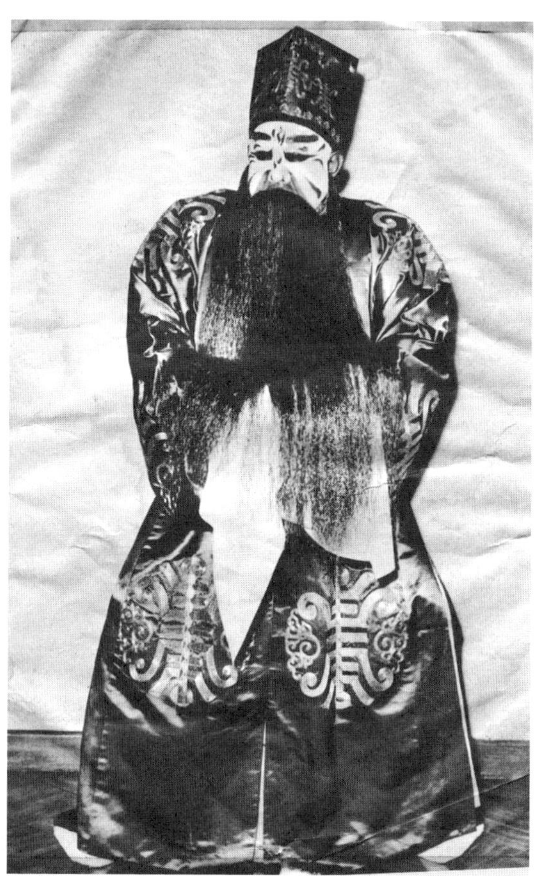

「丑生王」梁醒波戲路縱橫，
把賈似道之陰險奸詐演得活靈活現。

（圖片取自仙鳳鳴劇團第八屆演出《再世紅梅記》特刊，鍾漢翘攝。）

魁梧豪邁之黃衫客與弱質纖纖之霍小玉。

（圖片取自仙鳳鳴劇團第五屆演出《紫釵記》特刊，鍾漢翹攝。）

神，表情生動，恰恰到位。甚麼對白歌詞，一給他唸唱，立刻生蹦活跳，抑揚有致。行腔高昂處響遏行雲，低吟時掩抑悲涼。

任白波是鐵三角組合。波叔連任五屆八和主席，貢獻粵劇，不遺餘力，獲英女皇頒授MBE勳章；粵劇界享此殊榮者，唯他一人。

千斤力　萬縷情

靚次伯（一九〇四——一九九二），廣東新會人，粵劇騎龍武生，有「武生王」之譽。他演了一百多套電影；戲路開闊，掛鬚、開面、老旦、頑笑旦，樣樣皆能。六國封相演公孫衍，坐車功架，腿力腰功，借力運氣，皆武生當行本色；坐車意態，則從容悠閒，功力深厚，獨步梨園。此外，鬚功中之捋鬚、撚鬚、拋鬚，苦學三年而成，揮灑自如，冠絕同行。

他擅唱古曲，蒼勁雄渾；龍舟南音，醇厚悲涼；行腔吟詠，形斷意連。雙目炯炯有神，排場功架，十分了得，很有壓場氣勢，但從不搶戲。能忠能奸，演活包公，畢肖嚴嵩。《帝女花》演崇禎帝，亡國末路，揮劍殺女，悲愴激越，入木三分，後人難望其項背。

他早就與任白結緣，再扶掖雛鳳，與波叔一樣，可謂兩朝開濟老臣心。舞台藝齡超過六十年，近八十歲才掛靴。伯叔戲品戲德，人人景仰。其後人出版紀念文集《武生王靚次伯》、捐資五百萬興建仁濟醫院靚次伯紀念中學。「千斤力，萬縷情」（唐滌生句），感動人間。

劇團推手

胡蘐（孫養農夫人）（一九一〇——一九八三），祖居上海，學養淵博，專攻美學。上海淪陷時拜梅蘭芳為師，乃梅派嫡傳。白雪仙希望粵劇品位高雅，便向胡蘐虛心求教。她不止把梅派身段悉授白雪仙，劇團各方面都得她處處提點，大為精進。舞台講究視覺效果，胡蘐把舞台上各種細節都精心設計，呈現於觀眾眼前是極其優美而和諧的畫面。

粵劇戲服本來綴滿珠片，缺點是扎眼，兼且重甸甸，她建議改穿顧繡。顧繡輕巧雅麗，讓老倌身段更為自如。

胡蘐於劇本修訂、戲服頭飾設計、培育雛鳳等，功不可沒。

孫養農夫人（胡䕫）、白雪仙和唐滌生
是仙鳳鳴的中流砥柱。

（圖片取自仙鳳鳴劇團第三屆演出《蝶影紅梨記》特刊，鍾漢翹攝。）

武打設計

張淑嫻，梅蘭芳弟子，刀馬旦，把平生武藝傳授白雪仙，還擔任雛鳳導師。她負責《白蛇新傳》之武打功架，並設計《再世紅梅記》之「鬼出」身段。

牡丹綠葉

任冰兒，廣東南海人，粵劇「二幫王」，任劍輝堂妹。十一歲已踏上台板，偷師學藝，底功紮實。其唱腔瘦硬，清剛堅韌。六國封相由她推車，靚次伯坐車，功架圓熟，行內稱冠。從仙鳳到雛鳳，可謂中流砥柱。二〇一二年榮獲香港藝術發展局頒發「傑出藝術貢獻獎」。她一生奉獻粵劇，忠貞不二。

青青念子衿——記栽培雛鳳

一九六〇年二月任劍輝收陳寶珠為第一個入室弟子。同年十月仙鳳鳴劇團籌備《白蛇

為演出《白蛇新傳》，招考新人，圖為集訓。

（圖片取自仙鳳鳴劇團第九屆演出《白蛇新傳》特刊，鍾漢翹攝。）

在張淑嫻、吳世勳、于粦、胡詼、
王鏗及白雪仙教導下，新苗茁長。

（圖片取自仙鳳鳴劇團第九屆演出《白蛇新傳》特刊，鍾漢翹攝。）

新傳》演出，登報招考年輕女演員，開宗明義説：「為培植粵劇新血、造就人才起見」，在一千二百人中，三次考試才遴選了四十位。白雪仙在開學典禮致辭，含淚鼓勵學生「接受粵劇的光榮傳統」。課程包括戲劇理論、粵劇史、粵劇唱做、舞蹈、樂理、精神訓練課。擔負實際教學的有任劍輝、白雪仙、胡蕻、吳世勳、張淑嫻、王鏗、于粦、葉紹德、朱毅剛等，全是各行當的頂尖人物。上課地點在堅道何甘棠第，學費全免。當時任白已決意栽培新秀，後來便成立雛鳳鳴劇團，所謂「雛鳳清於老鳳聲」，劇團命名隱含了殷殷期望。

一九六五年雛鳳鳴首度演出，白雪仙不只為徒兒訂做全新的戲服、佈景，更悄悄買票贈人，結果她虧損了四萬八千元，卻一直無悔。

粵劇生命能否薪火相傳，生生不息，端賴多種因素。上述資料只是説明了任白在「粵劇的光榮傳統」中，如何劍及履及，如何光榮地奉獻。

玉笛弄仙音——感文化界助益

早期粵劇戲班並不重視劇團組織與整體合作，沒有完整劇本，不會排戲。舞台上只有各行當、各老倌的首本戲，後來竟加上時代曲，亂唱拉腔。

白雪仙初出道時僅是遵從舊例，但是藝齡漸長就漸感不足，明白粵劇必須改良，步向高雅，方能傳之久遠。唐滌生及孫養農夫人固然教益最深，又轉益多師，向京劇名角孟小冬請益。

任白仰慕文化，好學不倦，虛心求教，結交名士。鄧芬工書畫，兼通聲律，度曲撰詞，頗多啓迪。沈葦窗通曉京崑，其兄學禮演過京劇《販馬記》，任白不恥下問。朱毅剛、兆祥、慶祥昆仲三人皆音樂領班，毅剛譜作新曲。王粵生把古譜新作都融於劇本。呂培源為〈劍合釵圓〉琵琶送韻。

攝影家錢萬里、鍾漢翹為仙鳳鳴永留光影。葉紹德及御香梵山（陳襄陵、高福永）繼唐滌生之後，編寫劇本。中文大學蘇文擢教授，博學鴻儒，指點聲韻，還為《李後主》翰墨寄意。玉笛弄起，烘托仙音。文化底蘊深厚，使仙鳳鳴掌握到正確的發展方向。

清輝長脈脈——懷任白善舉

約六十年前，波叔、仙姐在兒童安置所蹲下來，給孩子送禮物。盲人訓練所裏，任白波凝神觀察學生用凸字學習；春雨細細，潤物無聲。麗的呼聲、華僑日報慈善演唱，工展會義賣，常有他們的身影。仙鳳鳴劇團多次為東華三院、元朗博愛醫院等義演。一九七二年，任白為六一八雨災籌款獻唱，如泣如訴，還深深鞠躬。

一九九〇年成立任白慈善基金，款項用於醫療、安老、教育。基金為「港大人文基金」籌款，加上「何鴻燊校友挑戰計劃」的校友捐款配對，二〇〇五年演出《西樓錯夢》共籌得八百多萬，二〇〇六年演出《帝女花》共籌得超過一千二百萬元；仙姐更為工程學院「任白樓」親自題字。後來再捐贈二百萬與中大音樂系戲曲資料中心。基金於將軍澳興建了基督教家庭服務中心任白慈善基金景林安老院、於筲箕灣耀東邨興建耆康會任白慈善基金老人日間護理中心。基金會細緻體貼，每年任姐忌辰，都向八和白髮奉敬利是。

仁者之風，清輝如月，長照人間。

任白珍藏展因緣

環珮聲傳鳳來儀

「九十風華帝女花——任白珍藏展」，是香港中文大學圖書館為慶賀白雪仙博士九十芳辰而舉辦的展覽，開幕日期訂於二〇一七年三月二十七日。

良辰快到，賓客陸續進場，場內一片喜氣，人人不時望着正門，只等待九十風華的帝女花。仙姐一向準時，一襲桃紅色曳地長裙娉婷而來，掌聲雷動。典禮簡單隆重，沈祖堯校長有文化傳承的理想，對任白慈善基金惠贈的任白珍藏非常珍惜，致辭後，便以題上中文大學校訓「博文約禮」的紙扇向仙姐致意。

賓客熱情，爭相上前跟仙姐拍照，鎂光不絕，持續良久，仙姐一直站立。拍過照後，她

不肯休息，要看展板。在「情結雙樹盟」為題的展板有大合照，是一九六一年全體導師領弟子赴港島中灣旅行所攝。她把眼鏡輕輕移高，落足眼力，把相中人逐一細認，一認出就低喚名字，都是暱稱，聽來份外親切。弟子陳寶珠、梅雪詩在旁也幫着去認，這是誰，那是誰。這次是我第二次得遇仙蹤，啊，虛齡九十，神態如此動人，風姿依舊嫣然，記性還這麼好，反應這麼伶俐。展板有多塊，她卻徘徊於這載滿師生之情的一張，真個是「青青念子衿」（記栽培雛鳳）。

仙姐興致頗濃，腿力猶健，把所有展櫃都看遍了，看見書桌陳列了關於任白及仙鳳鳴的書籍、唱片、錄音帶等，便拿起來看。這下午她足足站立了兩個多小時，怕她累壞，這才送她乘升降機往停車場。升降機甫開門，苦候多時的記者一擁而上。記者問及心情，她忽然感觸道：「從前那麼多好朋友，今日只剩我一個人！」說罷，泫然欲泣。

仙姐從初踏台板到大隱於市，至今已歷七十多年。只要仙蹤乍現，必然引起哄動，成為焦點。記者總是追訪，戲迷總是追隨，晚輩總是相伴。她屢獲殊榮，無限榮寵，一直都是「珠圍翠繞千人敬」。可是唐哥、波叔、任姐和伯叔等，相繼離世，儘管人世間的尊榮富貴不

缺，然而，她內心最深處，唉，可能是「孤清清，路靜靜」。

六十年前，台上的清帝（靚次伯飾演）這樣唱：「帝女一哭撼帝城」，如今無綫電視節目《東張西望》，把台下的帝女欲哭情景播映，同樣撼動了香港人，看過這幕的，無不動容。

這朵帝女花，「弱質纖纖」，究竟有甚麼力量？竟能夠牽動了萬千心弦。這恰好是展覽探索的主題之一。

我為花迷還未醒

去年七月某午，剛要午飯，小思老師來電，說中大圖書館獲贈任白藏品，而明年是仙姐九十壽辰，圖書館想辦展覽，問我能否擔任策畫和撰寫展覽中的文字說明。我好像不怎樣直接回答，只說會盡快到。匆匆喫過午飯，立刻跳上的士，跟她會合。待我坐定的士上，才冷靜下來，呀，我怎麼毫不謙遜，也不說「何德何能，難肩大任」等客氣話，我跟小思老師不算稔熟，她是長輩，昔才實在禮貌不周。再者，自己從未做過類似工作，對粵劇又談不上有研究，竟然毫不考慮，就飛身而上。究竟是否不自量力？其實，我心底裏最明白，理由只有一個，是「我為花迷還未醒」。

關於展覽，小思老師對我是純任無為，不設框架，沒有定調，全無指示，那是中國山水畫裏的留白。留白讓人從容自如，任人瀟灑發揮。留白裏似有出岫雲煙，繚繞着文人素養。在計畫初定後，我用了一頁紙，把計畫表列，託老師給仙姐及陳培偉醫生過目，也沒有回音。我毫無心理負擔，自由自在，慢慢去做。

展覽三寶

展覽品中有三寶。一是相片及鷄皮紙相簿，二是泥印本，三是點翠釵鈿。

「仙鳳鳴劇團」當年公演時，沒有拍下錄像，否則，老倌的唱做唸打，樂師的音樂拍和，服飾、燈光、佈景，尤其是整齣戲劇情的波瀾起伏，團員的整體合作，都能立體呈現，這真可惜。幸而攝影師鍾漢翹，一直捕捉仙鳳鳴的光影，把台上光輝永駐。一張又一張劇照，把老倌的身段做手關目都凝住了，像任姐在《蝶影紅梨記》拿捏得極為細緻的感情，全憑照片方能領略。鍾漢翹為仙鳳鳴拍的相片，總在三千以上。從台上而台下，都能捕捉到飛揚的一

刻，關鍵的一瞬。倘若沒有鍾漢翹，很難憑想像去推測仙鳳鳴的演出水平，浮光躍金，映照梨園，他可謂居功厥偉。六十年彈指而過，由於沖曬藥水及技術精良，2R黑白相片依舊清晰玲瓏。至於劇團相簿也是一絕。鷄皮紙相簿乃自製，價廉、輕巧、儲藏量大，充分反映那年代的務實作風；封面注明內容及日期，資料對研究大有幫助。

劇本是一劇之本，無唐滌生劇本，仙鳳鳴很難創造粵劇的盛唐。泥印本是極為珍貴的版本，由唐滌生口述，助手阿點手抄，是最原始的版本，也是研究唐滌生作品最重要的資料。泥印方法每印一次，顏色便淡一分，印到十來次，墨痕已淡到若無，所以每回只能印刷十餘本。詳細資料可參考張敏慧〈校訂者言〉。看過泥印本自會明白，唐滌生如何關注全局，如何嘔心瀝血，披肝瀝膽。此外任姐仙姐都常在泥印本寫下記號，展櫃裏有分析比較。任姐在泥印本寫了四種符號，原來是叮板，表示拍子强弱。

陳列於展覽櫃內的十件點翠頭飾，寶光璀璨，閃耀着一段香江情緣。約在六十年代初，孫養農夫人從國內紹興戲演員那兒，為仙姐買了這套點翠，山一程，水一程，小心翼翼地帶回香港。南來的點翠，沉澱着粵劇的回憶，半世紀之後，終於讓我們一睹廬山，欣賞已經走

進歷史的工藝品。如今點翠技術失傳，則工匠的心思、創意與手藝，尤其值得珍惜和尊重。所謂釵表深情，「纏綿釵中意」，纏綿不盡是一段香江情緣。

所謂點翠，是在金銀寶石首飾裏，配上翠鳥之羽，是金工與羽毛工藝之結合。金匠先以金銀做底托，再用金絲沿着邊緣焊槽，塗膠水，將翠羽依乎紋理鋪上，再鑲嵌珠寶。點翠興起於戰國，禁絕於宋，復興於明清，康雍乾為巔峰期，一九三三年全國最後一間點翠坊結業，之後的真品皆為舊藏。新作是仿點翠。「滿頭珠翠」，翠即點翠。《紅樓夢》第二十九回提及史湘雲也戴着一隻赤金點翠麒麟。《書劍恩仇錄》裏描寫翠羽黃衫霍青桐，「帽邊插了一根長長的翠綠羽毛」，同樣以翠羽為頭飾，苗疆女子與中原女子風致不同。北京故宮博物館收藏了點翠做的帝后頭飾。

大學與社區互動

我在中文大學唸書時，圖書館外沒有水池，地庫沒有進學園，也沒有展覽廳。今天圖書館功能更為多元，展覽廳經常舉辦展覽，增加了大學與社區的互動。

「九十風華帝女花」這個展覽，是粵劇回憶，加上任白歷久彌堅的魅力，所以特別受關注。展覽廳製造了空間，讓各界人士與大學生可以共聚共研。大學並不是高不可攀，社區人士中自有好學之士飽學之士，這種交流機會，使展覽廳的功能更為深廣。

跋

「處處仙音飄飄送」，六十年前劇作家唐滌生所寫的歌詞，預言一樣，完全應驗。《帝女花》、《紫釵記》等歌曲，香貫梨園，人人識唱愛唱，這是多麼可喜的文化現象。

一九五六年白雪仙博士（陳淑良）於香港成立「仙鳳鳴劇團」，那時她年方二十八；滿腔理想，立志要提升粵劇之藝術水平。得天之助，天緣注定；唐滌生、任劍輝、梁醒波、靚次伯等各行當人才，剛好雲集香江，好像聯翩而來，要為粵劇創造盛唐似的。他們每個都異才秀出，獨具天賦，加入銳意革新的仙鳳鳴後，才華更為煥發。周駙馬、霍小玉、黃衫客、崇禎帝，已成經典，光華萬丈，無人能及。若問何謂百年一遇？何謂一時間多少風流人物？當年仙鳳鳴正正是最

好詮釋。

香港中文大學圖書館何幸，蒙贈任白珍藏；特藏室內，靜影沉璧，蘊藉高華。今年適逢白雪仙博士九十芳辰，為表敬意，圖書館特別舉辦了「九十風華帝女花——任白珍藏展」。把藏品中最珍貴的相片、泥印劇本、墨寶、剪報等，首次向公衆陳列。至於匠藝精心，釵鈿寄意，看過仙姐慷慨借出當年她戴過的點翠，則電影《李後主》祝壽一幕之情景，如在眼前，神遊其中，自有體會。

展覽主題分為六項，包括了情結雙樹盟（訴任白情緣）、劍雪總留痕（述任白成就）、想風流人物（憶波伯唐等）、青青念子衿（記栽培雛鳳）、玉笛弄仙音（感文化界助益）、清輝長脈脈（懷任白善舉）。場內更播放視像，讓戲迷重溫仙鳳鳴共九屆演出的珍貴沙龍。琳琅於眼前者，不止是仙姐奉獻粵劇之苦心，毅行之足跡，更流溢着她對唐哥、波叔、伯叔，尤其是任姐之感念與思憶。蝶影迷離，牡丹驚夢，紫釵光燦，紅梅再世，帝女花嬌。展覽廳內，迴腸蕩氣，一句句歌詞，一齣齣名劇，義重情深，地老天荒。

任白熱心公益，為彩券攪珠，並笑納利國偉女兒獻花。

（取自《任劍輝畫冊》）

從黛玉葬花一幕，可見白雪仙身段之美。

（圖片取自仙鳳鳴劇團第三屆演出《蝶影紅梨記》特刊，鍾漢翹攝。）

第三輯

幸向人間露白頭

但得人如連理樹

不在人間露白頭

——《帝女花》

《再世紅梅記》如何再世

白雪仙深情所寄

看完《再世紅梅記》後，那夜，我興奮得有點難眠，容我自信而武斷，在我看過的各類劇曲中，以這一齣是最出色最完美。

今歲是任劍輝百歲冥壽，梨園一株奇香，離世二十多年後，依舊暗香浮動，清芬如故，「不思量，自難忘」，教戲迷長憶者，除了任姐，更有何人？「任白慈善基金會」之所以在芸芸劇目中選取《再世紅梅記》來公演，一是紀念戲迷永恆的情人，二是紀念劇作家唐滌生，《再》是唐巔峰之作，亦是最後遺作，一九五九年任白首演《再》劇時，他魂斷座上，不朽之才，畢生心血，盡獻粵劇。「彷彿有劍在，還待認唐生」，神遊舊事，不勝唏噓，而文化中心

燈光漸暗，絲竹鑼鼓響起，幔幕輕啟了。

在《再》謝幕之時，滿溢胸臆者，何只興奮，簡直是驕傲，香港這地方真是地靈人傑，在這片小小土壤上，竟有本事製作出遠遠超乎海峽兩岸的劇作。此劇上承中國戲曲之精粹，又融鑄入地域色彩，由粵人粵腔粵曲，把本土深厚的文化底蘊發揚；我無意過分強調本土主義，古典戲曲，源遠流長，京崑川越，各擅勝場，我只是慶幸南國一隅，不只承傳，更能精進，不只演藝湛深，更有宏闊視野，不只竭誠守業，更能高瞻遠矚。此劇製作之精、氣魄之大、美學之高、水準之佳，令人擊節，所以三度謝幕，掌聲潮湧，猶未能盡讚歎之一二。同樣，白雪仙僅在謝幕時才亮一亮相，其實是「處處有仙蹤」，這位總工程師所傾注的深情，所凝聚的心力，所投放的資源，拙文也未能表述一二。

翻閱由邁克所編之場刊，喜見重磅厚紙，典雅華美，封面紅梅飄墜，燙金凸字，不吝成本，可見一斑。內頁臚列了工作人員的陣容，策畫小組中有代表了完美主義、不辭排除萬難、不惜上下求索的白雪仙，以認真嚴謹聞名於學術界的盧瑋鑾（小思），尚有陳培偉、高王玉琼、張敏慧，此外，製作環節分工十分清晰，從總電機師到字幕控制，皆有專人各司其

職，台柱及演員共四十三人、樂師十七人、舞台助理十三人，工作人員總數超過一百。台前幕後，都是各行當的傑出人材，有來自粵劇界，亦有來自舞蹈、話劇及視藝媒體，其中不少屢獲獎項。

中國劇曲的舞台佈景，往往是一椅一桌，當年戲班物力有限，不得不因陋就簡，卻由此而發展出抽象寫意的演繹；《再》既保留功架排場，再發展更上層樓的視覺藝術，煙波畫船、竹籬酒帘、冷閣桐棺、宰相府堂、客舍蕉窗，幕幕都以實景來把觀眾帶入劇中。至若旋轉舞台，太師椅滑行而出，佈景從天而降，機杼獨出，莫不教人眼前一亮，未可視之為奇技淫巧。而音樂拍和，則樂器多樣，極之動聽，鈴聲份外空靈，只聽伴樂，已是一場精彩演奏。至於借屍還魂一節，富於想像，畫面之奇之美，堪稱一絕，此手法乃他山之石，傳統劇曲所無，燈光設計應記一功。而劇情之緊湊，曲文之精煉，已是登峰造極，他日文學史中，唐滌生之名必與湯顯祖、洪昇、孔尚任並列殿堂。

任姐百年，衣缽誰繼？誰能把唐滌生筆下的書生還魂再世？眾裏尋他千百度，驀然回首，觀柳還琴者，原來是陳寶珠。

陳寶珠脫胎換骨

陳寶珠出身梨園之家，隨父學花旦行當，後習北派，反串男角，再拜任劍輝為師，乃任姐第一個入室弟子；本應舞台騰躍，奈何正值粵劇低潮，時裝片大行其道，她回復少女打扮，大紅大紫。上天把一扇門關上，又為她開啟另一扇窗。「陳寶珠嚟啦！」這句話，是六七十年代潮語，說明了只要寶珠出現，立刻萬人空巷。這位「影迷公主」，名利雙收，但僅屬偶像派，儘管電影拍了無數，演技不過一般。

情路坎坷，人生曲折，以為她息影隱居，不料又重投舞台，演話劇、開演唱會，也演粵劇《紅樓夢》，卻未見突破發展，如在演唱會選唱周璇的「四季歌」，顯然是沒有掌握自己所長。今回梅花再開，重演《再世紅梅記》，由寶珠替代辭演的龍劍笙；一退一進，無意中成就了他人，世事在冥冥中自有主宰。

兜兜轉轉，寶珠終於走對了路，在《再世紅梅記》中，恍如脫胎換骨，好得令人不可置信，可謂璞玉成璧，珠光耀眼。事業巔峰原來不在寶珠芳芳爭霸時，而在回歸粵劇，回到師

陳寶珠向任劍輝行拜師之禮。

（取自《任劍輝畫冊》）

傳任姐懷抱之日。其唱腔、身段、做手、功架，形神俱妙；刻畫感情，細膩動人；在情之演繹，境界遠遠在龍劍笙之上。但見她身影清瘦，神態痴憨，畢肖乃師；更難得者，是任姐唸白時，尾音韻味天成，無人能及，那晚聽寶珠唸白，有兩回心頭一顫，以為是任姐再世記。

梅雪詩鐵柱磨針

舞台藝人，聲色藝俱全，方為名角；梅雪詩古裝扮相並不清麗，身材不夠高挑，然而嗓音亮麗，在聲線上很有優勢。藝術這一門，天份至為重要，聽說她練功極勤，將勤補拙。

八十年代時，在竹搭戲棚看她演《花田八喜》中的丫鬟，有一幕她輕搖船槳，台上分明無水無舟，但水上盪漾、載浮載沉之情態，竟在款擺搖晃下，活現眼前，令人驚歎。後來龍劍笙移民，她與林錦棠合演《帝女花》，長平宮主高華冷傲，出塵氣質她完全欠缺，用王國維《人間詞話》的評論說，很「隔」。

《再世紅梅記》中「觀柳還琴」一幕，她演青衣角色李慧娘，演不出淒美幽怨；「折梅巧遇」演盧昭容，卻像脱了枷鎖一樣，活潑自然，天真未鑿，把情竇初開的昭容演得活靈活

現，可見戲路必須合拍，否則難為。到了演慧娘鬼魂，厲鬼紅裳，絳衣詭豔，她一手護住文弱書生，一手擋開輕如燕悍如豹的殺手，當下衣袖翻飛，呼呼風起，既有勁度，亦有美感。「蕉窗魂合」時，但見她虛忽忽的，柔若無骨，態似不勝，儼如鬼影。如此功力，比於京崑名旦，毫不遜色。

功架，是硬功夫，不苦學不可；修為，是意志，無決心不可。梅雪詩在先天局限中，終於把鐵柱磨成針，恩師白雪仙在台下看，也會頷首欣然吧。

再世紅梅永留佈景

看舞台劇，我們何曾為過一台佈景而鼓掌，然而在粵劇《再世紅梅記》公演之時，觀眾見佈景乍然一轉，場景已換，移山挪石，換樑易柱，空間幻變，竟在頃刻，當下驚喜歎絕，兩度喝采。

劇作家唐滌生於撰寫此劇時，每一幕佈景如何擺置，都說明得十分詳細，文句典麗，眼前彷彿如詩如畫，第一場是：「此時開幕為黃昏，轉月上梢頭，時為立盡冬初，梅花試放，柳絮飛綿，強烈地刻畫出江南景色。」第三場是：「此為賈似道相府之廳堂，以往粵班之廳堂，多是五彩繽紛，庸俗不堪，故此作者特設此景草圖，欲一洗既往塵俗之氣，正面橫大牌匾黑漆金字，上寫『百僚是式』四字，下為古雅之畫屏，兩旁俱伴以柱燈。」

《再》寫於一九五九年，今時佈景，是把翰墨化為立體視覺，化虛擬為實景，乃能情景交融。多情才子邂逅相門小妾則橋畔柳絲，厲鬼魂飄則書齋荒冷，富氣肅穆乃宰相半閒堂；空間佈局，層次井然，細節豐富，幽情雅意，瀰漫台上，幔幕輕啟已把觀眾帶入劇中。

其中最出人意表，又最凸顯設計心思者有兩場，一是「脫穽救裴」，一是「登壇鬼辯」，這兩場相連緊扣，主角躲避鷹犬追殺，逃出書齋，穿越庭園，竄進府堂，形勢危急，間不容髮。場景有三，要是分作三幕，落幕起幕，耗費時光，箭在弦上那種緊迫感便無從爆發，劇力必然大打折扣，這真是煞費思量。舞台設計師破解其難，巧用旋轉舞台，人在奔逃，舞台在轉動，一轉身，小閣燈影已置換成寒林冷月，黑魆魆中復再展開追逐。但接着而來的半閒堂又如何鋪陳？宰相誤以為另一小妾亦紅杏出牆，正欲揮棒要打，鬼魂為救金蘭，必須搶在毒手橫施之前出現，可是，老樹寒煙又怎能一下子變作滿室輝煌？哪知道，桌椅陡然滑出，重門忽而天降，竟是變魔術似的；不垂幕不關燈，全憑器械操作。剎那之間，三景疊來，教人透不過氣的情節，在佈景推進下，終於一氣呵成，完美無瑕。

舞台設計出於陳友榮之手筆，他是演藝學院畢業生，獲應用藝術高級文憑，眼鏡片後一雙大眼睛炯炯有神。他一直為雛鳳鳴劇團設計佈景，才華橫溢，務實苦幹，《西樓錯夢》、

《帝女花》、《紅樓夢》，都因他傾盡所長而更情韻深邃。奈何天不假年，在《再》公演前十天，急性白血病毀了世間良材，年僅四十一，竟英年溘逝，舞台遺恨，令人浩嘆；此後憑弔傑作，唯有徘徊紅梅樹下。

陳寶珠大器晚成

說陳寶珠大器晚成，似乎可笑，她在六七十年代時，紅極一時，與蕭芳芳於粵語影壇難分軒輊，珠迷芳迷，互成壁壘，甚至說成工廠妹與書院女之爭。小女孩各捧偶像，意氣之爭，雖是天真，回首看來，也覺可愛。那些年，她們青春逼人，戲卻演得不怎麼樣；蕭芳芳到了演林亞珍、《女人四十》時，演技光芒四射，那時已彷彿中年了；陳寶珠則在今回演《再世紅梅記》，才珠光煥彩。

看完《再》後，驚喜不已，想不到寶珠演得這麼好，用刮目相看來形容，也嫌不足。翻閱場刊，才發現一些未知的資料，她幼習北派，練就一身北派好功夫，幼時已演京劇《三岔口》；這教我想起來了，她曾演《女殺手》，又為邵氏拍《壁虎》，俱往矣的武打電影，並未能讓她在電影史留下光華。可是，有武功底子的人確是不同，其師任劍輝曾拜桂名揚學袍甲

戲，文戲武演，台步開闊，赫赫威儀，就是執起一把扇子，也暗運陰力，姿勢磊落；那夜寶珠身段瀟灑，動作利落，應是得力於北派底子。

《再世紅梅記》為恩師百歲冥壽而演，據娛樂雜誌報道，她把任姐當年舞台演出的八厘米拷貝反覆鑽研，一段一段地學，難怪任姐身影，依稀眼前。

一個人在那兒下過苦功，總看得出來的。

仙鳳一知音

——小思與仙鳳鳴

有一位知音，雪裏寒梅，從仙鳳鳴而雛鳳鳴，從《紅樓夢》而《白蛇新傳》，這數十年來，佇立戲台內外，總是默默支持，總是殷殷寄盼。

仙鳳鳴劇團成立之初，早已滿懷壯志，一心一德，要把粵劇提升為高雅藝術。唐滌生撰寫的劇本，文辭古雅，偶有艱深字眼，可是沒聽過生旦淨丑，唸錯字音。遇上五言七言詩句，又人人都唸得有節有韻。唐滌生舞文弄墨，處處用典，典故何意？曲文熔經鑄史，字字珠璣，如何理解？在雛鳳猶雛之際，怎能無師自通，盡解含義。再者，要把角色演繹得元氣淋漓，神圓氣足，則非深入揣摩劇本不可。

舞榭歌台，鑼鼓響起，正式演出之時，難得人人一開腔都能錦心繡口，出口成章，琅琅動聽。我以蘇軾「想當然耳」的思維，推斷劇團背後，有飽學之士在提醒，在正音，還授以

吟誦技巧。推斷劇團背後，有文學素養不凡的良師，分析解讀，循循善誘，啓蒙雛鳳。那儼然是小組教學，專題研習，戲曲課堂了。從蔣防愛恨激越的《霍小玉傳》，到湯顯祖因情而死死而復生的《牡丹亭》，到明末遺民黃韻珊以歌哭來譜興亡的《帝女花》，到最後唐滌生嘔心瀝血凝練而成的清詞麗句。絳紗弟子，梨園青苗，浴乎春風，打下文學底子。

仙鳳鳴劇團是粵劇史上的盛唐，說不盡的開元遺事，任白波靚唐，一時多少風流人物。如此春色燦爛的人文風景，若不好好保存，只怕有日相片散失，文獻湮沒，落得「縹緲間往事如夢情難認」。這位知音，靜中留神，念茲在茲，時時記錄，終於在一九九五年，把仙鳳鳴劇團的演出特刊、相片、相關評論，編輯成書，書本名為《姹紫嫣紅開遍——良辰美景仙鳳鳴》。此書規模可觀，共三卷，紙張開度如畫冊，是一呎乘十一吋半，紙精墨良，印刷講究，套以紙匣，重量恐怕超過十磅，真有君子不重則不威的氣概。書本厚重，更厚重是編者的心事。翻開書卷，神遊其中，但覺寶光流動，風華勝極。多情是戲迷，更多情是編者，最多情是劇團濟濟名士。

這套重量級的記錄集迅即售罄，復於任姐逝世十五年，再印製《姹紫嫣紅開遍——良

辰美景仙鳳鳴》（纖濃本），共二冊。接着又再搜集資料，出版《武生王靚次伯——千斤力萬縷情》、《辛苦種成花錦繡——品味唐滌生帝女花》、《梨園生輝——任劍輝唐滌生記憶與珍藏》。這幾套書，那麼重，將之捧起，可不容易。內容那麼豐富，要細讀也好費神。千斤心力，萬縷深情，才能把一系列與仙鳳鳴有關的書本編成。

仙鳳戲寶之所以在社會地位日漸提升，獲得士林推重，學府研究，固然出於自力；劇團的確製作嚴謹，精益求精。然而自力之外，亦有助力，助力來自多方，來自知音。這知音，從任白波靚唐到雛鳳，從旁扶助，默默加持。

這知音佇立在射燈照不到、鎂光不閃起的位置，靜觀全局，願景深遠，更把一腔心事，化為翰墨，永作典藏。

這知音，待人處事，沉實低調；文章學問，自有境界。這知音的成就，在教育，則菁莪樂育。在散文，則思路細密，辭藻端麗。在香港文學研究，則一片赤誠，海納百川。論述其成就其貢獻，莫忽略在姹紫嫣紅裏，在良辰美景仙鳳鳴中，真情至誠的小思老師，一直深耕細作，終於辛苦種成花錦繡。

人間幸有真情愛——析任白唐之《畫裏天仙》

近日在YouTube欣賞了由唐滌生編劇及撰曲的《畫裏天仙》，劇本作於一九五七年，正值是唐創作的高峰期。這齣電影不像《牡丹亭》、《帝女花》、《紫釵記》、《蝶影紅梨記》、《再世紅梅記》這些仙鳳鳴戲寶那麼聞名。不過，此戲刻畫愛情，質樸真誠，不沾俗塵，教人份外感動。

故事內容是少年郎張敏兒（任劍輝飾），賣彩線為生，於市集中遇美人圖，一見鍾情，不惜傾囊購入。回家焚香許願，卻在夜半發現畫中美人（白雪仙飾），步出畫卷。原來美人白芙蓉遭妖道所害，魂魄給鎮於畫裏，肉身則禁錮寺內。二人繾綣，未幾道士登門，向敏兒寡母〈譚蘭卿飾〉訛騙；寡母中計，交出畫圖。敏兒尋妻，不顧性命，狂奔山寺。一片癡情，感動仙翁。仙翁除妖去魔，夫婦終能回家，叩拜寡母，大團圓結局。

此電影有數點值得分析。

一是瀰漫平民氣息。男主角張敏兒並非才子，而是挑擔趕墟的小販。敏兒裝束，一身鶉衣，窮小子模樣，與任姐常現人前的儒生形象，大不相同。敏兒雖然在工餘讀書，但離「朝為田舍郎，暮登天子堂」則甚遠。編者並不刻畫他有何才華，卻重點描畫他天性淳厚。他在墟市買賣，日出而作，日入而息，整天只掙得七文錢，真是蠅頭小利，可喜是他一派安份知足。敏兒買畫，直接請畫商：「勿落地還錢，開天殺價。」吐語真率，透着鄉下少年的天真。寡母則織布為業，幫補家計。母子相依，自食其力，樂天知命，不亢不卑。

芙蓉並未透露家境，可是她蛾兒雪縷，衣裙考究，長帶迎風飄舞，嬌貴若此，跟寒門窮戶似乎格格不入。然而，芙蓉於夜深人寐之時，悄悄替情人打掃書房，又懂得札札弄機杼，替準家姑織布。她手織的布匹，結實而綿密，布販大為稱讚。那麼，芙蓉他日勤儉持家，當無疑問。

其實，故事由始至終，都沒有暗示這家人將來顯貴，可以想像，他們以後依然會過踏實不華的生活。功名利祿，不在劇本裏。

二是情愛真純。唐滌生所編的劇本，無不以情為本。這套電影的愛情，尤為高潔。《枇杷巷口故人來》之江若梅，要求情郎一定要高中，即是說她的愛情觀附帶了嚴苛的條件。芙蓉對窮夫婿，毫無要求；塵俗功名，全不羨慕，所以芙蓉更有仙態。敏兒救妻，走到絕嶺，竟要凌空踏過雲霧，方能跨過山嶺，那刻，仙翁從旁鼓勵，敏兒不避生死，立刻往空中踏去，可謂情之至也。

三是情比孝濃。敏兒把一日收入作買畫用，明知寡母必動肝火，依然不猶豫就把畫買下，寧願跪地求饒，承認「為買丹青虧孝道」；可見他雖然孝順，但在愛情面前，明顯更為堅定。後來為救愛妻，不理寡母反對，奔赴千山萬水，驚險重重，九死無悔，渾忘了自己是寡母唯一的支柱。

四是故事涉及神怪。如妖道作法，刮起陰風，把有情人吹得如陀螺跌倒。一揮袖就把敏兒推上塔頂，想害他墜樓而死。可是，正邪對立，仙翁又會及時打救，塵拂一掃，妖道立刻消失，原來已打入酆都。最後夫妻騰雲駕霧，儼如天上神仙，轉瞬還家，把千里壓縮為咫尺等等情節，皆富《聊齋》味道。唐滌生劇本不少改編自元明雜劇，死後還陽、借屍還魂等情

節是不乏的。不過，運用特技，製造神怪，到底不多，此戲的確特殊。然而，神怪志異，始終是底色，只是用來襯托愛情。

五是曲詞清淺。既然劇中人出身草根，則歌詞必然要跟身份相配。寡母捶胸頓足，呼天搶地，唱：「仔啊！我揾你唔到，就寧願入黃泥窿！」直抒胸臆，通俗生動。敏兒見畫，忘形唱道：「愛美人圖，似玉無瑕，今朝始信妙筆會生花。」文雅而不深奧。

六是人物造型出色。白雪仙演畫中天仙，楚楚可人，無限嬌柔，看得人心旌搖蕩。任劍輝演少年郎、孝順兒、媽媽的命根，居然稚氣未脱，一臉憨態，教人耳目一新。蕭仲坤演鄉里小兒，拙直中見良善。至於譚蘭卿，在戲裏化了老妝，減了平日霸氣，添了慈和。她愛兒卻不陷於溺愛，既通達情理，又太自作主張；既急中生智，又一時愚妄。難得是縱使身軀肥胖，動作倒也靈活，連肩膊肌肉都會演戲，為這電影增添了許多喜劇感。

呀，《畫裏天仙》，如夢如幻。

北河戲院依稀記

月前細讀《任劍輝自述》這本書，才知道抗戰期間，任姐已經走紅了，紅得給兩個班主爭奪，弄得幾乎對簿公堂。她居於廣州河南，為了謀生，經常隨着戲班於省港澳登台。初臨香港演出，是在高陞戲院和普慶戲院，拍檔花旦是譚蘭卿。呀，後來譚蘭卿在《畫裏天仙》，竟扮演任姐的慈母。幾個月後，院商積極羅致，崔護重來，團員有紫雲霞、小飛紅、陳皮鴨，演出範圍更廣，除了高陞和普慶外，還有利舞臺和北河戲院。「在利舞臺演完一個台之後，便拉箱過海深水埗的北河戲院了。當年的北河戲院，很少像現在專事放映影片，而是以演粵劇為主的。這個地區我也有初到貴境之感，因為我從來未有到過，但是觀衆的擠擁並不下於利舞臺。」

啊！我登時呆了一呆，自己長於深水埗，往北河戲院看了無數次電影，還自稱為忠實戲

迷呢，居然不知任姐曾經身影翩翩地踏在北河戲院的台板上。

那是感時花濺淚的歲月，編劇家徐若呆新編了《漢奸之子》和《楊八順虎嘯金沙灘》，「劇情悲壯，曲白沉痛」，任姐演得「火氣十足，一派英雄本色」。揚眉瞬目之間，激起多少火花。磊落身段，又喚起多少壯志。國家多難，江湖兒女，當然不是「隔江猶唱後庭花」，而是登台「未敢忘憂國」。任姐一聲聲響遏行雲，一定迴蕩於北河戲院每一個角落了。在陌生的城市，在基層的土壤，她一以貫之，全心演出，答謝觀衆，還以藝報國。日後又到菲律賓義演，籌款救國，難怪她能把《帝女花》的周世顯演得大氣磅礴了。〔註一〕

啊，北河戲院四十年前已經拆卸，灰飛煙滅，聲沉影寂，當時有點不捨，亦只能唏噓一會兒，便漸漸淡忘了，偶爾路過，也沒興起甚麼感慨。其實，舊式戲院一家家給夷為平地，再建高樓，已是社會實況，無法逐一憑弔了。可是，這段記載，這麼不為意地提一提，眼前忽然燈火輝煌，人聲鼎沸，戲院又彷彿聳立，快開場了。

北河戲院位於北河街與福華街交界，正是轉角位，盡得地利。毗鄰的長沙灣道把北河街市截住，鷄毛鴨血在五十步之外，與鑼鼓篤撐，互不相干，各有天地。那麼密集，又這麼相容，正是當年香港特色。戲院對面很旺，攤檔紛陳，金魚、童裝、內衣等俱備。正門則高高架着巨型電影廣告，乃幾幅畫布拼成一張大畫，聽說是落拓畫家的手筆。那些主角頭像，有的活靈活現，有的形神欠奉。宣傳字眼，常常是「傾力製作、鑽石陣容、萬眾期待、不容錯過」。由於廣告張張不同，倒也成為變幻的街頭風景。要是戲院擺出「全院滿座」的告示，廣告畫自然昂然挺立良久。倘若票房慘淡，則片子連帶廣告，立刻落畫。哪管畫工精粗，總之匆匆下台。路旁風景，隨時轉換，跟紅頂白，亦見炎涼。

至於「即日放映」、「下期放映」、「快將上演」、「不日公映」等等字眼，「你方唱罷我登場」，一部接一部。那年頭，戲院熱鬧，戲院多，院線多，片源不絕，可以想像，電影這種娛樂事業非常蓬勃。也難怪本來只粉墨登台的任姐，後來兼拍電影，竟能拍了約三百部。

最接近我家的戲院是明聲，其次才是北河，再遠一些是黃金戲院（即今日專賣電腦的黃金商場），各屬於不同院線。北河規模大，座位多，座墊軟。座次分為前座、中座、後座、特等、超等，超等即樓座，高高在上，確是超然。正場票價較貴，早上十點半早場，下午五點半公餘場，價錢優惠，片子跟正場不同。不論時裝古裝，只要是任姐演出，姑婆一定帶我去，多半看七點四十五分那一場，坐後座。特等超等，難以負擔，坐前座中座，則要把頭抬起。姑婆日間在工廠車衣，在電動衣車前低着頭，從開工到收工，足足八小時。看電影既然是娛樂，就不想再為難脖子了。買後座票，是中庸的做法。

幾乎所有戲院都一樣，快要開場前，門外一定美食雜陳，香氣四溢。來擺賣的小販非常懂得致勝之道，搶佔兵家必爭之地，爭奪黃金時機。從等待到入場，頂多半小時，生意額可大哩。且看小販即席削沙梨，刀法利落；菠蘿切片，淡黃泛金，浸在鹽水，大概特別鮮味；較剪聲促銷齋滷味、紅腸、雞腳，聲聲誘人；還有煨番薯、鹽焗鵪鶉蛋、咖喱魚蛋等等，數之不盡。觀眾未飽眼福，先嘗小食，也是快事。小孩子誰不愛吃？可是我從未在戲院門前吃過甚麼，因為明白姑婆靠一針一線來掙錢，車半打衣服才買得一張戲票，艱難所得，又怎能得隴望蜀呢？

北河戲院是獨立一幢，旁邊有橫巷，後面有後欄，設計應該是消防條例的規格。橫巷後欄，狹窄深長，常堆放幾個空垃圾籮，平日不會有行人，聽説道友拆家，會遮遮掩掩，在深巷交易，誰敢招惹？只在散場之時，觀眾從旁門後門湧出，所有人立刻鳥獸散，才會響起腳

步和議論。

我們正等待進場，一見上場結束便興奮了，只待清潔工友把觀眾留下的果皮、蔗渣、雪條棍等垃圾清理，正門的黑色幔幕才拉開，我們恨不得盡早入內安坐。廣告預告都登場之後，便進入主題了。當年習慣，是先打出工作人員表，才輪到人物出場，字幕一顯示任劍輝領銜主演，我們便樂了。兩人擠在一張椅子上，不覺不舒服，只覺親近。遲進場的會把銀幕擋一擋，同一行的入座，又要把腳縮起，甚至站起讓之通過，最討厭是一些人一面看一面說話。然而，到底小滋擾而已，不會影響看戲的專注。任姐一個眼神，一聲長嘆，都教我們如癡如醉。

散場後，姑婆會分析劇情給我聽，哪處矛盾犯駁，哪處不合情理，又哪些性格最可取，哪些是落泊的根源。跟任姐拍檔的花旦不少，余麗珍紮腳功架最了得，後腿踢槍是真功夫；芳艷芬、吳君麗都唱得好。不過，任白合璧，天衣無縫。踏着人間清月，十分鐘已經回到汝州街家裏去。

不過看電影也有難堪回憶。我只得幾歲，人又矮小，總是跟着姑婆進場，一大一小，

兩人一票，希望在入場的模糊地帶，含混過關，當年是稀鬆尋常的。唉，奈何收票員鎮守關口，一派威勢，最怕是他急喝一聲，用手一攔，阻截去路，逼我多買一張票。兩番理論加上再三央求，都不通融。收票員一派官威，像足衙門的衙差，那可慘了。臨時買票不一定買到，就算買到，座位並不相連，姑婆也不放心，唯有送我回家，路上我一直流淚，這經驗試過兩次。小孩子本來歡天喜地看電影，竟遭擯逐，人間勢利，貧賤之苦，小小年紀，早已飽嘗。

一九六四年白雪仙籌備拍攝《李後主》，製作浩大，我們一直期盼。而任姐身體欠佳，拍戲少了，我們去北河戲院的次數自然減少。我發覺姑婆有點落寞，沒甚麼細藝，晚上除了看報，有時會開鎖，從抽屜取出藍色薄薄的郵簡。姑丈二十年前去了舊金山做廚師，每月依時匯款回來，並附上片言隻語。他一直沒有另娶，但是態度冷淡，箇中千絲萬縷，一言難盡。姑婆把郵簡翻來看去，才又把心事鎖上。沒有任姐清遠的歌聲，長夜無聊，難於打發。

怎料到兩三年後，姑婆患上癌症，休提看電影了。可是六八年一月，北河戲院門外那巨型畫布，份外輝煌，極其矚目，因為拍攝四載，耗資一百五十萬的《李後主》公演了。那回我提早排隊買兩張票，然後陪姑婆入座，能欣賞任白收山之作，可謂圓了心願。那夜散場，

任白於《李後主》之扮相。

（取自《任劍輝畫冊》）

好不容易步到家園，姑婆要略為休息才能登樓。我們住在六樓，病人體力不勝，一路喘息好多回。從前是姑婆拖我，甚或抱我登樓，現在卻由我攙扶，她的喘息聲，比收票員的驅逐聲，更讓我難受。就在這一年的蟬噪聲中，姑婆辭世，僅五十出頭。

她去世後，我偶然也到北河戲院，看陳寶珠、蕭芳芳的《彩色青春》，常與同學結伴。我們也是青春歲月，一人一票，行AA制。看電影心情不是不開心，可是到底經歷離喪，不復天真。唉，任姐於八九年羽化，「駙馬盃墳墓收藏」，留下千闋清歌，一股正氣。

原來北河戲院建於戰前，在三四年開幕，奇怪是在西報刊登廣告，頭幾天放映英國片。開業廣告云「開演省港著名大班，放映中西有聲電影」。淪陷期間，給日軍列為四等戲院，多數放映電影，間歇演出粵劇，有大小戲班登場。戰後給邵邨人以四十五萬購入，歸於邵氏父子有限公司旗下，最後於七七年拆掉。〔註二〕

前塵已渺，夢裏依稀。在童年時代，居然可以看那麼多電影，又已經懂得欣賞任白，完全是慈懷眷愛所致。北河戲院周圍環境雜亂而骯髒，可是，發現了任姐曾在此登台後，這戲院忽然鍍了黃金似的，在童年回憶中熠熠生輝。

注一：《任劍輝自述》，香港：任劍輝計劃，二〇一三年，頁一四六—一五七、一七四—一七五、一八二—一八五。

注二：黃夏柏：《香港戲院搜記。歲月鈎沉》，香港：中華書局，二〇一五年，頁一六四—一六七。

蝶影紅梨最迷離

「此後誰憐孤雁影呀——呀——呀——」，《蝶影紅梨記》中主角趙汝洲由任劍輝飾演，唱到此句，吞咽悲泣，肝腸寸斷，哭得背也僂了，甚至有點站不穩，幾乎跌往花盆去。多情的戲迷看到，又怎能不附着哀音，同聲一哭呢？然而極其弔詭者，是此時此刻，觀衆雖受感動，但理性上卻知道汝洲根本毋須哀啼，因為意中人其實未死，還一襲藍裙媳媳立在他身旁。弔詭者是這意中人眼看汝洲傷心欲絕，不止不肯表明身份，竟然詐作是局外人。更弔詭者，她竟然説自己是隔牆王太守千金紅蓮。而王太守，五百年前已死了。則紅蓮是鬼，意中人怎麼扮鬼嚇人？天呀！真是越説越糊塗了。觀衆明知底蘊，也覺複雜，最可憐趙汝洲完全蒙在鼓裏，五內悲慟，非常無辜，忍受了一場不該受的苦痛。

另一弔詭是曲線談情。人説政客選舉口號，字字甜蜜，句句動聽，事事誇大，恰像情

話，不可盡信。那麼情話之真實程度，可能要打折扣。可是，這一段奇異之處，是製造了情話向誰説的非常處境。汝洲巧遇陌生女子，由於情人橫死，滿腔悲憤，急於傾訴，此刻心情，不帶機心，直陳悲痛，「破碎了心靈……慘痛不消聽」，跟着兩次讚情人字好詩好。此番情話，只求傾聽，毋須討好甚麼人，肺腑而出，當然可信。試想想，這女子以陌生人局外人身份，聽了關於自己的情話，會如何感動？此場戲迂迴曲折，獨特境況，反而成就了一段真愛宣言。

《蝶影紅梨記》改編自明傳奇徐復祚《紅梨記》及元雜劇張壽卿《紅梨花》，唐滌生靈犀一點，化為恍惚迷離，纏綿難解。故事梗概如下：

趙汝洲與詩妓謝素秋三載神交，酬詩贈答於寺院，以為可以相逢，怎知素秋遭太傅拘禁，情人只得隔門呼喊。太傅把素秋獻予番邦，素秋跟劉學長金蟬蜕殼，佯作墮崖而死。汝洲從後追至，以為素秋命喪，哀痛欲絕。

汝洲好友錢濟之為雍丘令，素秋、學長二人千里投靠。錢一口拒絕，原因是素秋已淪為逃妓，恐她連累汝洲，萬一誤了功名，便有負慈母寄望。偏偏汝洲此刻造訪雍丘，錢濟之幾

亭會一幕，情調迷離。

（圖片取自仙鳳鳴劇團第三屆演出《蝶影紅梨記》特刊，鍾漢翹攝。）

詠梨一幕，人鬼難分，趙汝洲墜入五里霧中。

（圖片取自仙鳳鳴劇團第三屆演出《蝶影紅梨記》特刊，鍾漢翹攝。）

度反覆，躊躇再三，最後勉強收留素秋，囑咐不可離開梨苑，即使與汝洲相遇，一定要自稱王太守千金，即是扮作鬼魅，不容暴露身份。

終於一隻藍色蝴蝶引領汝洲逾牆，情人相逢，銀漢清淺，相看不相認。汝洲向這陌生女子傾吐情人死訊，乃有「此後誰憐孤雁影呀——呀——呀——」之痛。

弔詭之所以形成，原因有三：一是情人素未謀面，二是汝洲不知素秋行賄逃脫，三是錢濟之運用權力，製造阻力。

其中錢濟之這人物對劇情起了樞紐作用，使情節不可思議地波瀾起伏。錢濟之此人，叫人納悶。既是汝洲蘭兄，曾受趙家大恩，這人物本應正面。在第一場他自稱為多情月姥，可是待到素秋來投靠，立刻變面，甚至幾次「張燈送客」。表面理由是怕愛情耽誤汝洲的功名，真正原因恐怕是自保之計，免得窩藏招禍。趙家於錢的恩德，反成為堂皇的擋箭牌，原因是素秋瞞騙相爺，潛逃雍丘，行徑等同逃犯，汝洲若與逃犯比翼雙飛，豈不誤了前程；所以驅逐素秋等於代汝洲清理仕途上的障礙。在這邏輯下，雍丘令的涼薄，反而變得理直氣壯。其實，此時此際，人家落難投奔，即使不便收留，也應該饋贈盤川，或者安排他們暫住僻遠地

方，避人耳目，待日後再作打算。可是世態驟變，人心不古，翻臉無情，滿嘴成全，內心自私，何來情誼？然而，錢雖不援手，亦不加害，沒有洩露素秋行藏，起碼沒有賣友求榮。

錢濟之性格的缺陷，亦成為《蝶影紅梨記》劇情令人費解的缺陷。問題在於唐滌生不忍將錢寫成壞人，劇本中的錢濟之，給寫為顧慮萬全的知己，顯然這不是董狐之筆。以唐滌生之才華，若再細心推敲，當可解決。例如在最後一幕〈宦游三錯〉，錢唱：「我不願你為愛殉情把文星貶。」就讓劉學長揶揄兩句，責錢僞善寡情，則此人物會更立體，而不是停留在完全忠或奸的平面層次，同時或可解釋這勢利人物所造成的種種困局。

不過，話說回來，正因錢對素秋和劉學長冷酷無情，專橫刻薄，情節便順着他的性情而發展，乃有「窺醉、亭會、詠梨」，這三節極其浪漫、淒美、寧靜，使唐滌生作品添上了空靈神祕的一筆。

接着，正因為錢濟之催促汝洲上京赴考，素秋即以「怕對那紅梨蝶影」這理由，堅持離開，即使劉學長提出此地尚有庇護，前景卻茫然難測，仍一意孤行。這又令劇情添了疑竇。素秋是花魁，冰雪聰明，風塵歷練，沒道理帶着老人，投奔變數更多的未來。更何況，素

秋一旦離開，則日後即使汝洲金榜題名，情人又如何會合？豈不是自斷情路？再者，即使不戀傷心地炎涼地，臨行之前，亦應該懂得把行蹤交代。比如留下附了日期的詩以證未死，又暗示去向，拜託丫鬟轉交汝洲，汝洲能辨認筆跡，事情或有一絲希望一線曙光。缺漏了這補充，情節變得不合常理，欠缺說服力了。

素秋投靠姐妹，怎知遭人出賣，跌回羅網。故事等待汝洲高中，才能結局。

劇本，是一齣戲之根之本，唐滌生本有意修改重寫，奈何天不假年，英年撒手，留下遺憾。

《蝶影紅梨記》先在舞台公演，再拍成電影，導演李鐵拍攝手法高明，拍出了原著曲折迷離的意境。這套電影以冷門姿態，越過《帝女花》、《紫釵記》，奪得殊榮，香港電影資料館選為十套不可不看的電影。而「窺醉、亭會、詠梨」這三節，梁醒波幾個功架，自然流暢，老練到家，功力爐火純青，叫人拍案叫絕。任白演出，深情委婉，含蓄不露，詮釋了所謂「國風好色而不淫」，後學難望其項背。任白波都是唐滌生最佳的夥伴，最出色的演繹者，《蝶影紅梨記》那麼迷離，那麼難演，都給他們仨演得絲絲入扣。

從醉檀郎而新狀元

——析《蝶影紅梨記》之趙汝洲

唐滌生筆下的男主角，形象最光輝飽滿的，當推《帝女花》之駙馬周世顯，至於《蝶影紅梨記》之趙汝洲，於仙鳳鳴四大戲寶中，大抵可以居次。

出場時，趙汝洲還是個未經風雨、帶點稚氣的才子，用普雲寺老主持所説：「山東趙汝洲，翩翩俗世佳公子」，汝洲每年到寺院，都有幾首情詩託主持轉交詩妓謝素秋。三載神交，相思寄意，尚恨緣慳一面。《紫釵記》李益邂逅霍小玉之言行輕佻，《再世紅梅記》裴禹初戀李慧娘再愛盧昭容之用情不專，比較之下，趙汝洲來得正派，顯得大體，透出純情。未睹廬山，只憑薄薄詩箋，就展開愛情，一跑三年，經得起寒暑考驗，那麼，似是單薄的浪漫，原來異常地堅實；看似愛得飄渺，證明情比金堅。更何況，以詩會友，以詩訂情，用筆跡去評估對方的學養，用詩來瞭解情人的志操，用詩來感受愛情的厚度和溫度，這正是文人

雅士不同世俗之處，也是趙汝洲與謝素秋心心相印的最大理由。文字神交，金風玉露，勝卻人間無數；唐滌生把多情郎這冠冕，贈予汝洲。

「秀才你閱歷少，好在銀兩多」，相府門子受了打賞，這樣調侃汝洲；門子眼尖，一語道破汝洲出身。汝洲乃貴介公子，然而，仍有兩點遺憾。一是功名未就，其蘭兄錢濟之已晉身仕途，汝洲母親對濟之睞以青眼，對兒子則不免嚴厲。另一遺憾是情未開花，他與素秋愛芽早種，恨未相逢。這兩點遺憾貫穿劇情，成為發展骨幹，汝洲朝着遺憾的方向出發，有心化解，奈何迭遭打擊，既飽受強權壓迫，復遭逢生死巨變。從來生活優裕，富貴安閒，沒經風浪，忽逢災劫，不堪折磨，唯有借酒銷愁，變成醉檀郎。

然而，令人訝異者，是汝洲青嫩卻不軟弱，相反，面對威嚇居然不懼。且看相府門前，衙差吆喝，一介書生，瘋狂反抗，直衝闖門，「人到傷心無忌憚，馬到無繮欲囚難，闖闖，刀斧難鋤狂生膽」。狂生，是他自我形容，自我評價。官威下，不屈服；愛情前，不動搖。他的勇敢真超乎估計，教人刮目，劇情到這一幕，汝洲形象驀地高大起來，散發大勇。

門子驅趕了汝洲，他仍不甘心，行賄打聽素秋行蹤，追到金水崖，自然又遭驅趕，「大

人，我怕死就唔嚟，嚟得就唔怕死」，說得清脆，真是個人物是個好漢。怎料聽得素秋服毒已死，屍骸拋落萬丈懸崖，汝洲急痛攻心，當場吐血。情深若此，則汝洲的遺憾，怎不令人長嘆？

唐滌生另一名劇《西樓錯夢》的男主角于叔夜，跟汝洲出身相似，也同樣戀上青樓淑女，可是，叔夜因收到情人一紙空白書函而莫名其妙，加上長輩力陳章臺嫩柳，寡情善變；結果晚上做夢，夢見情人原來無情無義。西樓錯夢而已，叔夜竟然視之為真，把情人當作浮花浪蕊，簡直不可思議。可見叔夜對愛人，既不瞭解，亦欠信心，難怪不堪一擊。再深一點去探討，其實叔夜在潛意識裏頭，暗藏輕蔑青樓的思想，才會出現夢境，然後又極其荒謬地對夢境深信不疑，此人可謂下品。

對比之下，更覺汝洲才是有情人。汝洲不諱言素秋身份，「花是有情花，月是秦樓月，章臺嫩柳，也未可任人攀」，肯定素秋人格，同情素秋處境，更斥責豪貴欺凌，證明汝洲明辨是非，愛護弱質。後來他向陌生女子傾吐心聲，說素秋：「提起字，就無人有我素秋寫得咁靚。簪花字，簪花字懷念謝素秋涕淚零。筆也端正。哭泣失聲。香車斷夢黃粱醒。」這種

舞台上以虛為實，讓趙汝洲與謝素秋隔門呼喊。

（圖片取自仙鳳鳴劇團第五屆演出《紫釵記》特刊，鍾漢翹攝。）

愛，超越世俗的階級觀念，真是「醉檀郎沒半點塵俗氣」。

傻氣，是汝洲一大特質。在「窺醉、亭會、詠梨」中，醉檀郎酒意初醒，見一蝴蝶，以為素秋鬼魂所化，「待我解寒衣，為姐你取暖驅寒」，還要把蝴蝶追追追，又說「蝴蝶即是鬼魂，鬼魂即是蝴蝶」，癡心程度，到了完全傻氣，又傻得可愛可敬。

不過，泥印本與電影版不同，泥印本的汝洲，追逐蝴蝶，癡迷一番之後，一發現眼前人貌美，「我魂魄又漸漸移轉你處」，「非關薄倖忘秋景，若說無緣怎遇卿」，連忙要帶佳人返書齋。劇本根據張壽卿及徐復祚的《紅梨記》改編，徐著庸俗，當夜「西園已赴巫山夢」。尚幸泥印本中二人只是吟詩，一聲雞啼，立刻作別。唐滌生在電影版的改編，簡直把汝洲「搶救」回來，讓他成為情癡情種，由始至終都癡戀素秋，不會見色忘舊，急色寡情。至於鄰家女，雖然不無愛慕，到底用情較淺。

汝洲生命裏兩個女子，一未見已夭亡，一乍見竟是鬼。他第二個遺憾始終是遺憾。錢濟之催促汝洲上京赴考，解決第一個遺憾。唐滌生寫劇本，細緻處極細緻，簡略處極簡略，汝洲功名，一蹴而就，新科狀元重抵相府，相府正是當年令他又悲又憤的地方。此時相國已收

風聲，知道賄賂金邦，機謀事敗，新帝僉判新科狀元搜府稽查；他打算把素秋獻出，好保住官位和性命。

中舉之前，汝洲一再失意，癡癡迷迷，顛顛倒倒，很難想像他做了大官的模樣，亦很難想像他如何判案。不過，一別經年，汝洲遭逢變故，他應該面帶風霜了。從醉檀郎而新狀元，這人生急彎，一個轉身，汝洲即以全新形象出現。

一身紫綬的新科狀元，對相國斥責、質問、譏諷，句句鋒芒，當年哭喊門前，今日威儀凜凜，成長得令人驚喜。接着，發覺事情詭譎，不但不為花迷，竟然怒罵：「相爺巧設迷魂局，借此名花賣機玄」，不賣賬，不上當。

唐滌生這一筆，有趣得很，中了狀元，給科舉制度洗禮後，立刻變得機智敏銳，前後判若兩人。那麼說，此劇主題，除了歌頌愛情，痛斥賣國外，會不會側面、含蓄、不自覺地讚美科舉制度偉大呢？

蝶影迷魂記

——比較《蝶影紅梨記》與希治閣《迷魂記》

《迷魂記》由「緊張大師」希治閣導演，占士史超域、金露華主演；《蝶影紅梨記》由唐滌生編劇，李鐵導演，任劍輝、白雪仙領銜。電影一西一中，於情節上暗合之處，竟如雙蝶同飛，迷魂霧裏。

說是暗合，原因是這兩套電影，神合貌離。若追溯創作日期與來源，原作者應該不會看過對方作品，不可能互相影響。一九五八年希治閣拍攝《迷魂記》，劇本改編自小說《活人與死人》，該書作於一九五四年。唐滌生撰寫之《蝶影紅梨記》一九五七年首度舞台公演，一九五九年拍成電影，劇本改編自明傳奇徐復祚《紅梨記》及元雜劇張壽卿《紅梨花》。從地域、文字、原創日期來看，自會明白這暗合來得奇妙。

然而，我之所以拿兩套電影來比較，除了情節暗合外，也因為電影拍成日期頗為接近。

唐滌生對西方電影，應該有相當認識，他曾擔任導演，讓任白穿上時裝，大唱流行歌，電影風格富於西方情調，叫《花都綺夢》，那麼唐滌生是否受了希治閣電影啓發而寫下《蝶影紅梨記》呢？可是《蝶》比《迷》早一年誕生。根據唐的自述，於聖誕寒夜忽看到芙蓉花神謝素秋圖，再順手翻閱《紅梨花》，而生靈感。

《迷》與《蝶》，同樣改編，皆青出於藍而勝於藍。電影鬼影恍惚，疑真疑假，其實，都是借鬼魂來掩飾真相，可謂鬼話連篇。《迷》的女主角行為怪異，她丈夫説妻子受家族鬼魂所魅，果然應了蠱毒，墜樓而死。到真相揭露，才曉得那是謀殺，丈夫以天才式的手法害死妻子，好領受妻子遺產。《蝶》男主角趙汝洲的蘭兄，逼謝素秋佯稱是已死的紅蓮，又故意鋪排，讓趙汝洲從紅蓮的奇怪表現，加上側面聽聞，相信紅蓮是鬼。《迷》的確引起疑竇，連觀眾也一度對鬼魂作祟，女角中邪，半信半疑；希治閣對懸疑委實苦心經營，超乎想像。《蝶》雖然始終專注於情，然而營造疑團，着墨亦多。

兩套戲暗合得令我訝異之處，在於故事所隱藏之祕密。故事之所以迷離，就是為了刻意要隱瞞男主角，最後才圖窮匕見。這祕密，劇中重要角色皆瞭然於胸，觀衆亦一清二楚，

這幅芙蓉花神謝素秋圖，給了唐滌生寫作靈感。

（圖片取自仙鳳鳴劇團第三屆演出《蝶影紅梨記》特刊）

唯獨男主角身在山中霧裏。情節發展到中段，就讓觀衆靜觀男主角怎樣遭蒙騙，又讓觀衆冷看男主角怎樣撥開疑雲。從以為紅顏已死，到驚覺伊人尚在，男主角經歷一場火浴，幾乎焚身。觀衆一邊欣賞就一邊推斷，於是心態改變了，那一刻，不止看戲，而是參與劇務，像編劇般思量結局。究竟隱瞞方法是否天衣無縫？真相因何揭露？觸發點在哪？真相揭露後，男主角有何反應？

編劇和導演説故事説到中段，就向觀眾招手，讓觀眾與劇中角色處於相同位置，窺視男主角一步步走出五里濃霧。這經驗，超乎聲色娛樂的層次，提升了觀衆水平。在六十年前，《迷》與《蝶》居然懂得運用這種手法，高明得叫人由衷佩服，也巧合得令人嘖嘖稱奇。

《迷》的男主角占本是名探，卻因一次追捕匪徒，屋頂滑下，同袍為了救他，不幸墮樓，占不單內疚，更患上後天畏高症，唯有離開警隊。舊同學求助於他，原因是妻子瑪德蓮中了曾祖母之邪，有自殺傾向。占跟蹤瑪德蓮，竟戀上這氣質優雅的女子。瑪德蓮説受噩夢纏繞，噩夢場景似那教堂，占建議一看，怎料瑪德蓮突然狂奔，跑上鐘樓，占嚴重畏高，無法跟上，豈料落花猶似墜樓人。舊同學領取大筆遺產，即離開傷心地。占護花無力，大受打

擊，要入住精神療養院。出院後，卻遇上一女子，容貌酷似瑪德蓮，氣質談吐卻粗俗，占極力追求，要把她改造成瑪德蓮。

這女子悄悄打開衣櫥，哎呀，瑪德蓮那灰色衣裙，居然藏在衣櫥裏！觀眾明白了，此姝是幫兇，扮作妻子，故弄玄虛，把占誆騙。瑪德蓮並非死於自殺，而是謀殺。丈夫利用占有畏高症，無法攀上鐘樓，趁此剎那，在鐘樓之巔把穿上相同衣裙的妻子推下，而豔女其實躲在鐘樓暗角。占因此成為此案乃自殺案的在場有力證人。

希治閣在此刻向觀眾揭露兇案了。悄悄打開衣櫥這動作，等於悄悄打開祕密。微妙在觀眾恍然大悟了，已經和兇犯處於相同認知位置，只有孤零零的占，仍沉醉於虛幻，未知自己受利用。接下去，是觀眾等待陰謀敗露，看占如何大夢初醒。

無獨有偶，《蝶》裏的趙鎖於濃霧，觀眾則隔岸觀變。他也是在情人死後，遇上另一女子，莫測是她竟能背誦素秋情詩，難明是雞啼之前慌張離去。花王告訴趙，女鬼夜出，能知過去未來。趙像占一樣，為愛而癡癡迷迷；遇上常理無法解釋之處，錯把誑言相信，以為鬼神作弄。

那麼，案情轉折點如何發生？占看見佳人脖子上極其名貴古典的紅寶石鏈墜，正是油畫中曾祖母所配，因何瑪德蓮遺產中的珠寶，竟會璀璨掛在她粉頸之上？另邊廂，趙高中狀元，調查相國私通番邦，相國討饒，獻上素秋。趙與素秋神交三載，從未謀面，不肯置信，怎料一枝紅梨拋到面前。除了紅蓮，有誰知道詠梨，但紅蓮是鬼，怎會又再出現？劇情便在兩個多情男子，從疑惑而驚悉，層層遞進。

有一點值得留意，情癡情種雖然迷戀女角，甚至有大好機會與意中人肌膚相親，奇怪是一直維持柏拉圖式的愛情，劇情因而更如夢如幻，意境益顯虛無縹緲，淒美動人。

倩女處境亦有相似，都由一人分飾兩角。二人俱身世寒微，受人控制，隱瞞身份，舉止飄忽。《迷》中女角，不具謀略，只為貪財而甘受擺佈，淪為殺人利器。《蝶》裏素秋，逼於形勢，為愛成全，楚楚可憐。可是素秋竟把金蟬蛻殼及匿藏雍丘令府，向沈永新和盤托出，種下禍患，終於落網，非常不智。她於拘禁前，巧言哀求釋放，那番話何等婉轉機智，很難相信她這麼糊塗魯莽。性格描寫，前後未能一致，令人惋惜。

《迷魂記》當年票房殊不理想，《蝶影紅梨記》也不及《帝女花》、《紫釵記》聞名，難解

是六十年後，這兩套電影，邀譽甚隆，屢獲殊寵，也許希治閣及唐滌生亦始料不及。世事暗合，功名成敗，本來就是曲折迷離的。

十分情一分話柄

我從舊香港的月色走過來，維港月色，年年依舊。人事變遷，哪堪重認？不覺間，我也步進月色朦朧的年紀了。

幼時，市民娛樂主要是聽收音機，粵曲音波，永晝長夜，都飄盪於空氣中，許多曲子聽來只嫌太長，唯獨任白歌聲，一飄來，就滿室荷香。

一個孩子，得姑婆疼愛，自然愛姑婆所愛，迷上任白，起初純粹是愛的延伸。這種愛，愛得單純，溢滿童真。儘管日子過得相當儉省，幸而戲票不貴，要是黃牛黨不來炒票，一張票，一元多，可容一大一小入場，離合悲歡，兩人同受感動。一份愛，跨越兩代。

那時只知任白，連作詞人是誰也弄不清，長大一些才知道是唐滌生，看了照片又以為他是明星，卻竟然不在人間了，除了《帝女花》、《紫釵記》、《再世紅梅記》、《蝶影紅梨記》

外，還有甚麼作品呢？也糊糊塗塗。只知歌曲動聽，歌詞隨着音樂輕易就鑄入腦裏，所以許多歌詞背得很熟。

一個孩子，有會聽的耳朵，有善感的心靈，但是只能停留在偶像崇拜的階段。

幸福日子因姑婆去世而結束，我的心境進入荒原。家裏夜夜都設雀局，人聲喧鬧，不利學習。升了中四，我居然擁有祕境一樣的空間。唐樓樓底高，有閣樓，搭建在厠所上頭，本來給大哥住，後來工廠提供宿舍，閣樓騰空，父母讓我住進閣樓。閣樓高可三呎，可以避塵。登上閣樓，要爬上一道木樓梯，當年我竟能猴子般，輕身而上，從容而下。大哥沒帶走錄音機，我如獲至寶，動用利是錢，到南昌街攤子上買了《帝女花》的錄音帶，往往倦極之時，一按鍵，儘管音量低低，然而明朝興亡，聲聲入耳，漸漸便朦朧入睡了。

卡式錄音帶有前後兩面，這邊播完，抽取出來，翻轉，聽另一面。重重複複，帝女駙馬崇禎遺臣等，唸白歌吟，聽之不厭。磁帶有時卡住了，糟糕，「食帶」了，得小心翼翼，把纏繞的磁帶拉直，理順，捲回盒子去，任白清音，不能弄壞。更何況，零用錢非常有限，正版錄音帶不便宜，奈何磁帶消磨，隔一段日子得買新的。舊歌長聽，仙音永恆，歲月隨着庵遇、上表、香夭的迴旋而逝去。

一個孩子，在任白歌聲中成長，不止陶醉於音色，更領略到是非美惡，公主駙馬生死不渝，盡忠明朝……

那時，我常比較，任白哪個唱得好？任姐勝在自然，仙姐贏在精細。任姐勝在清爽，仙姐贏在耐聽。任白的特色，都在比較中漸漸領會了。經歷了山是山，水是水，山不是山，水不是水，最後，只覺任白像中文大學的山水，山水綢繆，水把山縈，山立水中，山水一色，山明而水秀，山水合一，無法比較。其實，生旦互相輝映，如物理學所謂之共振，金聲而玉振。我漸漸融於山水，涵泳於山水，領會更深。

行吟山水，我已經成為大學生了。多年浸淫，慣聽的歌詞漸漸融化，唐滌生為仙鳳鳴編寫的名劇，對白警策，曲文優雅，出自深厚的學養與橫溢的天分。這方文學土壤，滋潤了我。

讀書時，愛背誦，慣了背誦，拿起筆來寫作，筆端會滲出清詞麗句。那時，任白歌聲偶爾輕輕響起，優美樂章，環繞着我的學生年代。

一個女子，有心讀書，終於可以入讀大學，還喜歡筆耕。大學畢業，正是八十年代，香港經濟起飛，大部分人都脱貧，我幸而是其中之一。我家租住唐樓二十多年，以白表抽中居屋，搬到長沙灣紅棉盛放的屋邨，我平生第一次擁有獨立房間，八十方呎大，錄音帶依舊低低地迴蕩。任白歌聲，不因空間改變而遷移，總是縈繞枕畔耳際，紓緩了煩憂。

市民對任白的熱愛，歷久不衰。幾張唱片銷量一直居高不下，那家叫娛樂唱片的公司賺取了極其豐厚利潤。任白歌聲不止家傳戶曉，還創造了龐大的經濟價值。那時彌敦道普慶戲院尚未拆卸，每隔一段日子，就在禮拜日早場上演任白電影。記得有一回，人龍照例地長，票務部尚未開售，有個女人走來跟我説，她住元朗，特意跑出來看戲，問我能否替她多買兩張。我答應了，她接過票後，神色讓我心中一凜，她胡謅來欺騙我。我這笨蛋，所謂助人，其實對排在我後面的不公平。唉，任白心如朗月，戲迷怎可如此呢?

一個女子，在追逐光影中，不意間流露自己欠缺了辨識力，在跌跌撞撞中，慢慢地成長了。仙姐精明，任姐冷靜，好好學習的地方多着哩。

一九八九年，任姐因病辭世，享年七十六。她年輕時家累太重，一直奔波，甚至一天拍多組戲，弄得身體羸弱，可幸晚景優游，又有仙姐悉心照顧，終於順乎天年，生榮死哀。生死是人生最深的憂患。「所謂執手生離易，相看死別難」，駙馬這麼捨不得長平宮主，我也一樣捨不得駙馬，我也擔憂宮主，「此後誰憐孤雁影呀——呀——呀——」。

一個女子，自幼依傍姑婆，完全而單純的喜歡姑婆，也完全而單純的喜歡任白。年事漸長，在生死面前，變得堅強了。

以後的日子，我斷斷續續地寫下關於任白唐的文章。沒想到，在二〇一六年，竟然成為中文大學圖書館「九十風華帝女花——任白珍藏展」的策展人。那天在小思老師家樓下等，她一見我便又跑回家取圍巾給我保暖。信任與關顧，是人與人之間最可貴的。接着她領我走進中大圖書館特藏室，那兒保安非常嚴密，溫度濕度以至防火設備都極其先進。其中珍藏，包括了「任白慈善基金」厚贈的文物。命運奇妙，我走進了寶藏，走進了任白的世界。

小思老師殷勤關照，怕我辛苦，其實籌備那段日子，我陶醉在難得的福氣裏，何幸可以親近任白寶貴的文物。哪張相片，哪封書信，我瞭然於心，任白與我距離竟然這麼近，我彷

佛回到她們經歷過的歲月。她倆在家居都穿唐裝衫褲，鬈髮攏起，撥到耳後；後來穿襯衫西褲，燙髮。出席盛宴時，則多穿旗袍，任姐會加外衣，一襲套裝，淡雅大方。仙姐品味時髦而高雅，憑她的衣著，足以寫成一本香港時裝發展史。任白前半生流轉，從廣州而港澳，南洋登台，曾經移民加拿大，最後長駐於香港這東方之珠，其中一定有其歷史理由，有其感情因素。任白跟許多香港人一樣，經歷了憂患與安定，心繫者，永遠是香港這塊土壤。

我因策畫展覽而結識圖書館同仁，前副館長黃潘明珠女士、副館長劉麗芝女士、助理館長李麗芳女士，助手何穎聰與我並肩克服種種困難。種種溫馨，交會在任白歌聲裏。

一個女子，獨愛任白歌聲，沒想到將來能與任白結一段緣份。一共有三次機緣，如夢一般，兩次在跑馬地逸廬，一次在中大展覽廳，我立在仙姐身邊良久，近看細看，讓我更明白唐滌生因何以「芙蓉出水百花羞」來形容她。在天上的姑婆知道我能為任白做一點事，一定欣慰。

任白唐的戲寶、為人、成就、貢獻，皎皎如月色，為粵劇豎立高度、光度，讓紅船中人遠遠已經可以仰視，看清楚航道。「任白慈善基金」之成立，是任白待人處世之發揚，是理想

的延續，素心如月，明月何皎皎。

踏月而行，不覺到了退休之年，一路清輝相照者，噢，當然是任白歌聲。

香港藝術發展局全力支持藝術表達自由，本計劃內容並不反映本局意見。